メルビン
レン
ディード

ミオ
タカヒロ
エルザ
CHARACTER

CONTENTS

ISEKAI MEIDO GA YATTEKITA

異世界メイドがやってきた❶
～異邦人だった頃のメイドが現代の我が家でエッチなメイドさんに～

立石立飲

『プロローグ』

学校終わりにサークルの打ち合わせが入り、いつもより遅い帰宅になってしまった。一応メールで連絡したから、俺の帰宅が遅くなるのはわかっているはずだ。それでも帰宅の足が早くなってしまうのは、俺自身、彼女に早く会いたいと思っているからだろう。軽やかにアパートの階段を駆け上ってしまう辺り、自分の気持ちを自覚せざるを得なかった。その階段を上がったすぐの部屋が俺の部屋であり、二週間前から二人の愛の巣となったとも言える。自宅への帰還であるが、無作法に鍵でガチャガチャ開けてしまうことはしない。部屋の前で一息呼吸整えると、ゆっくり自宅のチャイムを鳴らした。

『ピンポーン』

部屋に鳴り響いている音は至って普通な『ピンポン音』。その音が鳴ってから1秒もせずに「は〜い」と可愛らしい返事が返る。玄関で待っていたのだろうか、間髪入れずに『ガチャリ』と扉が開くと、キラキラ煌めく瑠璃色の瞳が俺の視界に飛び込んできた。

「おかえりなさいませ、ご主人様」

「ただいま、レン」

一六〇に満たない小柄な少女の名前はレン。エプロンドレスのメイド服が世界一似合っているんじゃなかろうか？　と思うほど、信じられないような美少女だ。小柄な身体からは違和感を覚えるほど、大きな胸がプルプルと揺れる。長い髪を編み込んで後ろで纏め、白いカチューシャの後ろに隠れるように小さなツノが二本生えていた。そう、彼女はこの世界の人間ではない。異世界で『鬼族』と呼ばれる種族の少女で、俺と共に魔王討伐を果たした戦士でもあるのだ。

「バッグをお持ちしますね」

レンはバッグを受け取ると、スッと一歩引いてスリッパを用意した。

「ありがと」

「ご主人様、えっと、ご飯にします？　お風呂にします？　それとも……私《わたし》にします？」

おおう、なんだか昭和を感じさせるテンプレート。どこでそんなことを覚えたんだか？　と疑問に思ってみると、心当たりは寝室の壁際にビッチリと並ぶ薄い本しかなかった。その中でもここまでテンプレ的なものはそうそうないのだけど……。俺の夢想をよそに、小首を傾げて和《にこや》かに尋ねるレンの姿は最高に可愛い。

「じゃあ、手を洗ってからレンをいただこうかな？」

「ハイ！　喜んで」

レンは足早にバッグを置きに寝室に向かった。小走りのはずなのに足音一つ立てないのは、彼女がメイドとしても戦士としても達人であるからだろう。俺も手を洗いに洗面所に入っていくと、すぐにレンが洗面所で合流してくる。

「ご主人様、私がご主人様の手を洗います」

「え～、流石に一人でできるんだけど」

「でもでも、人に手を洗ってもらうのは気持ちいいんですよ？」

「そうなの？　まあ確かにレンのマッサージは気持ちいいしね。う～ん、それじゃあ洗ってもらおうかな？」

「ハイ、是非」

俺はレンの促すまま両手を前に出し、洗面台に向かった。半袖だったので、腕をまくる必要もない。レンがハンドソープの泡を多すぎるくらい手に取ると、俺の手を包むように握りしめてきた。可愛らしい手だが、身の丈を超えるような大槌を片手で振り回す手でもある。歴戦の戦士らしくマメが潰れて硬くなっているところも所々あるのだ。その逞しくも優しい手で俺の手をギュッと握り、丁寧に指を一本一本洗っていく。手の温もりを感じて、女の子特有の良い香りも鼻腔で感じ取ると、ムラムラとした気持ちが込み上がってしまった。

「ご主人様、気持ちいいでしょ？」

「うん。でも、子供になったみたいでちょっと気恥ずかしいね」

「ンフフ、じゃあ後で、子供みたいに甘えてくれてもいいんですよ」

「『ママ～』とか言ってオッパイちゅうちゅうしちゃうかもよ～」

「じゃあ、ご主人様を坊っちゃまってお呼びしたほうがよいかもしれませんね？」

「坊っちゃまねぇ、それは遠慮しとく～」

「あら、残念です♡」

何を話しても、レンとの会話は楽しい。異世界で交わした隷属の契約があるとはいえ、俺にしてみれば初めてできた恋人みたいなものだ。ただただ、一緒にいることが嬉しいし、楽しかった。

柔らかに楽しそうに俺の手を洗ってくれるレンを、俺はいつもの通り見惚れてしまっている。瑠璃色に燦《きら》めく瞳に、プリッと小さく桃色の唇。リズミカルで軽やかに動く肩に、小さく可愛らしい丸顔。女の子らしい良い香りもするし、スベスベで柔らかい肌だ。この子と毎晩閨を共にしているという事実が、我ながら非現実的に感じてしまう。夢なら永遠に醒めないでほしい。

俺の視線に気がついたレンは、ガン見していた俺の瞳を見つめ返す。自然と身体が寄り添って、吸い込まれそうな瑠璃色の瞳が近づくと、チュッと唇が重なった。リズムに合わせてチュッチュッと啄むようなキスを何度も重ねる。このこそばゆい感じがなんとも言えず楽しい。チュッチュしながらも、いつの間にか手を綺麗に洗い切っていたので、一度キスを止めてレンにタオルで手を拭いてもらった。

「人に手を洗ってもらうなんて、ちっちゃい頃にお母さんに洗ってもらった時以来かもしれないわ」

「ご主人様のお母様以来ですか…。ンフフ、久しぶりに人に手を洗ってもらうのってどうでした？」

「いいね。すごく気持ちよかった」

「それはよかったです。明日からもご主人様の手を洗ってもよろしいですか？」

「勿論、よろしく頼むよ」

「ハイ。それで次は、私を食べていただかないと………」

「うん、とりあえずリビングに戻ろうか」

「ハイ」

いつもだと俺の息子の具合を確かめるため、テント張っているか確認しに手を伸ばしてくるのだけれど、レンは早々にリビングへ戻っていった。今日に関しては俺の手を洗っている段階で、見るまでもなくテント張っている確信が持てているのだろう。俺もレンを追いかけるようにリビングへ向かう。夕食の味噌汁のいい匂いも気にはなるが、ついさっきまで嗅いでいた、レンの髪のいい匂いのほうが大変気になるのだ。

レンがクルリと回りながら俺からそっと間合いをとる。エッチの前に追いかけっこか？　などと思ってしまったが、完全に俺の早とちりだ。レンは長いスカートの裾を掴むと、ゆっくりと上に上げていく。捲れる裾から細い脚がチラチラと見え隠れしていた。黒いガーターストッキングはフルセットで、ストッキング留めまで装備されている。そして、その最上部に位置する、黒くて大人っぽいパンツが……穿かれていなかった。穿いてない？　えっと、おパンツを穿いていらっしゃらない？

「レン、えっと、なんで？　穿いてないよね？」

「どうでしょう？　もしかしたら穿いているかもしれませんよ。もっと近くで確認してみたほうがいいかもしれませんね」

レンのスカートは捲られてはいるが、あくまでもチラリズムの域を出ない絶妙な領域である。これはもっと近くで、スカートの中に頭を突っ込んで確認すべき重要な事案だ。

「うんうん、確認しちゃう。レン、そのまま動いちゃダメだよ」

「承知しました、ご主人様」

本当にギリギリのラインでスカートを捲る手が止まっている。レンに弄《もてあそ》ばれている感じもするが、こんな弄びならば是非もない。俺は素早く間合いを詰めると、レンの前で流れるように正座をしていた。ここまで近寄っても光の加減で絶妙に見えない。なんだろうこのギリギリ感、すっごく興奮する。堪らず捲り上げているスカートの中を覗き込むと、ムワッとした熱気と悶々とさせられる香りが漂ってきた。そして細い脚の付け根をしっかりと確認する。紛れもない、ノーパンだ。光の届かない漆黒の領域であっても、異世界で得た『夜目』のスキルを使用したおかげでハッキリとその輪郭を確認することができるのだ。土手に薄いお毛々の茂みがあり、その茂みに自然と俺の鼻先が触れる。官能的で生々しい香りが鼻腔を刺激してきた。

「んっ、ご主人様の息がかかってくすぐったいです」

「ふんふん、しょうがないよレン。レンがこんなにエッチな誘惑をするから、俺どうしようもなく興奮しちゃったもの」

「どうでした？　穿いてました？」

「穿いてない。全然穿いてないよ。そしてすごくエッチな匂いがする」

「ヤダ、ご主人様、匂いを嗅いじゃダメです！　そんなの思ってたのと違いますから！」

俺はレンの柔らかな太腿を掴むと、茂みに僅かに触れる鼻先から大きく息を吸い込む。触らずともわかるぞ、レンは間違いなく濡れている。

「レンの匂いエッチだ。もうすっごく濡れてるよね？」

「ご主人様、匂いは嗅がないで……あぁもう恥ずかしくて顔から火が出そう」

「自分でやっといて何をおっしゃる。それにいつも俺のチ○チンの匂いはクンクンクンクン、スゲー嗅ぐじゃんか」

「メイドが主人の匂いを確認するのは大事なお仕事なんです。うぅ～失敗しました。ご主人様に喜んでもらおうと考えていたのに……」

「イヤイヤ、大成功でしょ。俺大喜びだよ。ちゅっ」

レンのスベスベの太腿があまりにも美味しそうだったので、ちゅっと唇を這わせた。すんごいスベスベ、気持ちいい。

「あんっ、ご主人様、お願いですから、匂いは、匂いは嗅がないでぇ」

「スーハースーハー、ああもうたまらん。超エッチな匂いがする」

「も〜〜っ、嗅いだらダメですってば〜」

俺はスベスベの太腿に頬擦りをしながら、鼻先で割れ目をなぞるように愛撫する。いい感じで鼻先がヌレヌレになってきた。こんなことをしても、レンが最初にスカートを捲った位置をキープし続けているのは、それが俺の命令と判断したからだろう。このまま舐めても、指を入れても、はたまた挿入しちゃったとしても、この手の位置は変わらない。俺が離していいって言うまでは、キープし続けるのが我が家のメイドさんなのだ。

「鼻にレンのエッチなお汁がついちゃった」

「ご主人様がお鼻を近付けすぎるからですよ〜。この格好で待っていたんですから、濡れちゃってるに決まってるじゃありませんか」

「レンは、スカートを捲りながらご主人様にオマ◯コの匂いを嗅がれて、挙げ句の果てに濡らしちゃう変態さんなんだねぇ」

「言い方に悪意を感じます。私はただ、ご主人様に喜んでほしかっただけなんですから…」

「偉いよレン。俺、大喜びだから。鼻の頭がビチョビチョになるくらい濡れてくれてすっごく嬉しいよ」

「だから、思っていたのと違うんですぅ！　あぁ、舐めないでぇイヤイヤ、くさいからダメです、ご主人様ぁ」

こんな格好をしておいて、舐めないでとはこれいかに？　寧ろ舐めなきゃダメでしょ。匂いだって臭いわけではなく、とっても芳しい香りなのだ。

俺は舌先でワレメの先端にチョンチョンと挨拶をすると、前方の肉芽をペロリと舐る。絶妙な塩味《えんみ》がたまらない。

「レンのおま○こ美味しいよ」

「臭くないですか？」

「全然全然、とってもいい匂いだよ。たまらなくエッチな気分になっちゃうくらい、最高の匂いだ」

「やっぱり、恥ずかしいから匂いの感想はいりません」

「そう？　あと、味はちょっとしょっぱい」

「味の感想もいりませんから〜」

「ン〜ちゅっ、ぶちゅっあぁ凄いよ、エッチなお汁がいっぱい溢れてくる」

「んっご主人様の舐め方が上手だから……あっ、んんっひゃっ」

「ぶちゅちゅ、ちょっと脚広げて、少しだけ腰を落とせる？」

「ひゃい、んん、あんっ、ああソコ、ソコ気持ちいいんです。んっご主人様ぁ」

レンは俺の言う通り脚を開き、腰を落とした。非常に舐りやすい、いい位置にクリ○リスがきている。俺は片方の手で細い太ももを押さえつつ、もう片方の手でお尻の割れ目をなぞっていった。その奥地にある菊座の皺を指先に感じたところで、触れるか触れないか、入れるのか入れないのか判断に困るような触れ方をしてやる。

「あぁ、お尻？　ご主人様、お尻に指入れちゃうの？」

「ちゅっぱっちゅ、触ってるだけだよ？　そんなに指を入れてほしいの？」

「んん、違うの、入れちゃ嫌なのぉ」

イヤイヤ言う割にはお尻に触れた途端、愛蜜《まなみ》が急激に溢れてきている。ちょっとだけ力を入れる度に、ビクッとする反応が実に可愛いらしい。まあ、本気で挿入する気はないのだけれど。

「なんで入れちゃダメなの？　こんなにお汁がいっぱい出てきてるのに」

「レンのお尻の穴なんて、そこをされちゃうと、立っていられません。それに汚いから」

「だって、そこをされちゃうと、立っていられません。それに汚いから」

「もう、あぁっ、先っちょだけにしてください。それ以上はまだ経験がないから怖いの」

「うん、絶対痛くしないから」

ちょんちょんと菊穴を突っつくように刺激すると、クリ◯リスを舐っている俺の舌が舐り取りきれないほど愛蜜が溢れて止まらない。やはりレンはお尻で感じている。とはいえ、ほとんど未開発な部分を執拗に責める時間的余裕はない。俺の息子も昂ってはち切れそうなのだ。

「ごめん、レン。レンのお尻弄っていたら、俺もう辛抱堪らなくなっちゃったよ。このましていい？」

「あぁ、最初からそうしてほしかったんです。今日も一日ご主人様に焦がれていたんですからね」

「うん、ごめんね。そしたら、ソファに手をついてお尻のほうを捲ってもらえる？」

「ハイ、後ろからですね。承知しました」

レンは言われた通りソファに手をつくと、ペロンと長いスカートを捲り上げる。なんとも可愛らしい小尻がプルンと現れた。天使の羽のようなエクボがハッキリと見えていて、さっき少しだけ弄った菊座がヒクヒクと呼吸をするように蠢いている。白く細い脚と、黒いガーターのコントラストが強烈に目に映え、クレヴァスから僅かに覗くピンク色をより淫靡に見せていた。

「はぁ、レンのお尻って超可愛い。チュッチュ、スベスベだし形も本当に綺麗だ」

俺はレンの可愛いお尻にキスをしつつ、滑らかな肌に頬をあててその感触を楽しんだ。

「んん、ご主人様焦らさないでください。もう、ご主人様のオチ◯チンがほしいんです」

「ごめんごめん。あんまり可愛いお尻だったから、つい。それじゃあ、挿入《い》れちゃうよ」

「ハイ、ハイッ！　んんっ」

俺はレンのピンク色の膣口に息子をあてがうと、そのヌルヌルに向かって一気に押し込んだ。『プチュンッ』という感触が息子を包み、ゾクリとするような快感が突き抜けていく。毎度のことながら、とんでもなく入口が狭い。肉棒のネックハンギングとでも言おうか、キュウキュウに入口で締めつけるのだ。そして膣内《なか》のツブツブした肉壁の感触が亀頭から伝わり、脳みそまで蕩けそうな気持ちよさに、何もかもがダメになってしまいそうになる。このまま、快楽に溺れて吐精してしまいたい。挿入れてすぐにそう思ってしまうほど、レンの膣内は気持ち良かった。その甘美な快感の波に抗いつつ、ゆっくりと抽送を開始する。

「ひゃっ、んんっ、ご主人様のカタイです。やっぱりすごくカタイ。あぁっ、うん、そう奥、奥が気持ちいいです、んんっあぁ、イヤ速くしたらダメ、すぐイっちゃうの」

「俺も、ゆっくり感じたいんだけど、いつもいつもヤバい。レンの膣内、キツすぎるよ」

「あぁ、ごめんなさい、もっとユルかったらご主人様も楽しめるのにぃ、あっあっあっあぁ、そこはだめぇ奥はツンツンでいいのぉ、そんなにガツンって強くされるとおかしくなっちゃいます」

「でもやめらんないよ、気持ち良すぎる。レンのオマ◯コ、スゴイ、スゴイよ」

「ヒユッあぁっ、んんっあっあっあっ、おっきいっ、おっきいからダメになっちゃう」

「うん、あぁ、ヤバい、ヤバい、ヤバいって！」

もう、言葉のキャッチボールをしている余裕もなくなっていた。レンの素晴らしいクビれを引きつけつつ、ガツンガツンと奥に突き刺すように腰を振るう。なるべく短いストロークで奥に圧力をかけながら一定のリズムで抽送に集中しないと、あっという間に俺だけ発射してしまいそうだ。レンの奥も勿論すごく気持ち良いけど、入口の非常識な締め付けに比べればまだ我慢できる。そして、奥はレンの弱点でもあるのだ。

「あっあっう〜、ご主人様、イっちゃう、イっちゃいそう。一緒に、いっしょがいいんんっあぁっ」

「俺も、俺もあぁ、レンっ」

レンの甘ったるい声から、わけのわからないフェロモン物質でも出ているのかもしれない。もう射精を堪えることは困難だと、俺の脳は判断してしまったようだ。一気に湧き上がる絶頂《オーガズム》の波に乗って、俺はただひたすらに腰の振りを速くしていく。

「あぃ、あぁイクっイっちゃう、ご主人様、あぁ嗚呼っイクッイクッあぁ〜〜〜ッ」

「レンっレンっ出る、出るよッあぁ」

『ビュルッビュルビュルッビューッビュッビュッ…ビュルビュルッビューッ』

魂が解放される瞬間、怒涛のように押し寄せる快楽の波に俺は押し流されていた。あまりにも甘美な絶頂《オーガズム》の波に、ただただ合わせて腰を突き入れることしかできなくなっている。愛しいレンのはずなのに、欲望の

まま暴力的に強かに腰を打ちつけ続けた。

「あぁ、奥にいっぱい出てます。熱いのを感じます。はぁ、あぁ、ご主人様ぁ」

「はぁ何にも考えられない。レンの膣内最高に気持ちいいよ。なんで、毎日毎日こんなに出るんだろう？　レンがすっごい気持ちいいからかなぁ？」

「いっぱい出るのは良いことだと思います。んんぅ、はぁ、まだカタイ。やんっあぅ〜、もう、ご主人様、まだ出るの？　レンがお掃除しますよ？」

尿管に残った僅かなザーメンも、レンの膣内へ押し込むように注ぎ込む。ビクッビクッと脈動してしまっても、お構いなしだ。この悦楽に敵うはずもない。

「今のでもう出切ったと思う。………それじゃあ抜くよ」

「ハイ」

プチュンという音と共に、息子をレンの中から引き抜く。すかさずレンのお尻を横に拡げ、クパァッと拡がる小さな入口から流れ出るザーメンを見送った。さらば数億の分身たち。こんなにいっぱい中出ししても、隷属の契約の時に施された『淫紋』があるためレンは妊娠することはない。

「ご主人様、もういいですか？　ザーメンいっぱい出ました？　………じゃあ、お掃除しますね」

「うん、お願い」

レンの言うお掃除とは流れ出たザーメンの掃除のことではない。勿論このザーメンもお掃除してもらうのだが、息子に絡まる粘っこいお汁や、出し切ったつもりでも尿管に残ってしまうザーメンを、吸い取ってもらうという意味のお掃除だ。お清めとも言うらしい。

「ンフフ、まだまだ元気ですね。ペロっ、チュッ、んんあむ、んん〜〜んぐふぐ、ぶちゅっちゅっぱ、ぶちゅぶちゅっちゅっ」

「おおぁあ、超気持ちいい。レン、玉もベタベタなんだ。そっちもあぁ」

「んふぁい、んちゅ、ちゅぱっちゅっちゅっちゅっちゅっぱっはぁ〜。ンフ、ご主人様のタマタマ可愛い」

「チ○チン可愛いって言われるのよりは、まだマシかな？　そんなにタマタマちっちゃい？」

「おっきさはよくわかりません。たぶん大きいと思いますけど……教材用の張り型は棒しかありませんでしたから、判断できません。でも、ご主人様のオチ○チンをこう眺めていると、ぶらんぶらんしてるタマタマがとっても可愛いんです。それに後ろからしてもらうときは、これがクリちゃんに当たって気持ちいいんですよ？」

「そうなの？　オレのタマタマそんな所にあたってたんだ」

「ハイ、いたずらっ子です」

「にゃはは、グッジョブ！　マイ玉ちゃん」

「えっと、ご主人様この後はどうします？　お風呂にします、ご飯にします？　それとも〜レンのおかわり・・・・・にしますか？」

「おかわりがいいかなぁ」

「ンフフ、ご主人様大好き♡」

帰ってくるなり早々、第二ラウンドのゴングが鳴ったようです。

こんな、楽しくエッチな日々が始まったのは実はつい二週間前の話。それまでは約二年間、異世界でレンと一緒に冒険の日々だった。その二年間を辛いと思わずやってこれたのはレンのおかげなんだけど、まずはレンと出会うところから話しておきたい……。少し長い、いや、かなり長い異世界での話を……。

第一話『異世界召喚と奴隷商館』

俺はこの異世界『ワーゲン』に勇者として召喚された。こっちの世界の王様がなんの前触れもなく、家で寝ていた俺を理不尽に召喚したんだ。理不尽な勇者召喚などをしておいて、この国の国王は俺のスキルを見ると「なんて浅ましい」などと吐《ぬ》かし、何も持たさずに『ポロの街』に放り出した。気位の高い王様や貴族からすれば、俺の『スティール』なんてスキルはさぞ浅ましいんだろう。だからって、勝手に呼んでおいて気に食わないからポイってのはあんまりじゃないか。

何もわからない街で、お金もなけりゃ装備もない。唯一あったのが『スティール』なんて浅ましいスキルのみ。俺はこのスキルのみで、浅ましく生きるしかなかった。そうしなければ何もできずに、ただ死を待つしかないのだから。

最初の頃はこのスキルで財布を盗み、その日暮らしの日銭を稼いでいた。しかし、ひょんなことから『スティール』＝『盗み』っていうのが、物理的な盗みだけではないってことに気づいたんだ。

『相手から好きなものを一つだけ奪うことができる』

最初は財布や宝石だけだと思っていたが、『スティール』で奪うことができるものに制限などはなかったのだ。

唯一の制限は『一人・一匹につき一つ』だけ。これを守れば基本的になんでも盗むことができた。騎士様からは『騎乗』スキルを、魔術師からは『火魔法』のスキル。一人につき一つ、スキルだろうが装備だろうがなんでもお構いなし。『スティール』は実に卑怯で便利な「浅ましい」スキルだったのだ。

このチートスキルで、街中からこっそり様々なスキルを頂戴した。最初の頃は『奪ったスキル被り』なんてこともザラだったが、とある占い師から『看破』のスキルを奪ってからは、相手から好きなスキルを奪えるようになっていた。街を出る頃にはレベル1の冒険者としてはあり得ないほどのスキル持ちになっていただろう。武器や防具も『スティール』で頂戴し、俺は満を持して冒険の旅へと繰り出した。

⁂

『チート持ちの異世界冒険ならば、無双で楽勝でしょ』なんてのは甘い考えだった。異世界の魔物は想像以上に強いのである。もちろん魔物からもスキルは奪えるのだけれど、なんと言ってもこちらはレベル1。しかも、ポロの街近辺はそこそこ強い魔物が出る。ポロは始まりの街などではなく、魔王軍と対立する防衛の要となる都市だったのだ。

ツノの生えたウサギとの初めての戦闘は、見事な負け戦だった。命辛々逃げ出して、なんとか街へと戻るので精一杯。

その後も何度か戦闘を試みるものの、この辺最弱の大ネズミを一匹倒すだけで命懸けだ。何日かそんな生活をしてみたものの、レベル3のままで一向にレベルが伸びていかない。そもそも魔法一撃で倒せるような弱い魔物は少ないし、大抵群れで現れる。こちらもパーティーを組まないと正直辛すぎた。
善は急げとパーティーを組むために冒険者ギルドに登録してみたものの、初心者の冒険者なんて俺以外誰もいない。この街を拠点にしている冒険者は、皆中級から上級の冒険者たちだったんだ。下手に仲間募集に応募しても、最底辺の冒険者を仲間にしてくれる可能性は薄い。魔物の弱い街まで移動する手もなくはないが、一から始めるには何ヶ月も馬車移動が必要になるそうだ。この街から成り上がる唯一の手段は、戦える奴隷を買って肉壁とすることしかないだろう。幸い『スティール』のおかげでお金はそこそこ持っている。奴隷を持つなんて現代日本の感覚ではありえないことだろうが、一度『盗み』をするとズルズルと自分の精神性も堕落してしまう。俺は奴隷商館で『冒険者奴隷』を買うことに決めていた。そこでの出会いが俺の生き方を一変させることになるとは、この時は全く思っていなかったんだが……。

⁂

俺は『ポロの街』の奴隷商館を訪れていた。『盗聴』スキルなどで情報収集しているので、この『コルグ』という奴隷商館がこの街では最も良い商館ということは調べがついている。ただ、手持ちの金貨と相場を考えると、即戦力の男奴隷が一人か二人買えるというところだろう。なんとかワンチャンで、良い奴隷を買いたい。できることなら女の奴隷がいいが、戦闘においては男のほうが身体的に強いし、女の奴隷は性的なことにも使える分高くつく。魔術師であれば男も女も強さはほとんど変わらないが、俺がほしいのは盾役になる肉壁だ。ニーズに合わないうえに、魔術師の相場は高いから今回は考える必要はないだろう。最初は男の奴隷を盾役として買って、金が貯まったらエッチにも使える女の奴隷を買えば良い。俺は脳内で今回の買い物のシミュレーションを済ませ、商館主を待った。

ノックの音が響き、応接間のドアがゆっくりと開かれる。俺はソファーから立ち上がって、入ってくる人物を確かめた。入ってきたのは頭が綺麗にハゲ上がった、やけに目つきの鋭い小太りの男だ。

「おまたせいたしました、冒険者様。この店の主人をしております、コルグと申します。どうぞお見知りおきを」

ゆっくりと頭を下げながら、下から舐めるように俺を見ている。恐らく俺のことを品定めしているんだろう。二〇歳そこそこの俺の人生経験では、どう足掻いても勝ち目なんかない雰囲気をしている。それでもこっちはこっちで、できる限りのことをしておこう。まず『看破』のスキルで相手のステータスを確認した。コルグはレベル25の『商人』で、商人系のスキルを数多く持っている。『交渉術《ネゴシエーション》』や『隷属契約術』はなかなか他では見ないスキルだ。一応、俺も『交渉術《ネゴシエーション》』のスキルは持っている。嘘を見抜いたりするスキルは、お互いに持っていないようだ。

「冒険者のタカヒロといいます。今日はよろしくお願いしますね」

「こちらこそよろしくお願いいたします。それでタカヒロ様、本日はどのような奴隷をお求めでしょう」

「この街で冒険者をするのに、即戦力の冒険者奴隷がほしいんだ」

「冒険者奴隷ですな。それでしたら我が商館の得意分野でございます」

「そう聞いてここを選んだんだ」

「さようでございますか、ありがたいことです。では、ご紹介する前にいくつか質問をさせていただきます。

タカヒロ様は奴隷を買うのは初めてでしょうか？」

「ええ、初めてです」

「そうですか、私共と長くお付き合いしていただけますよう、全力でサポートさせていただきます。ではタカヒロ様がほっしている奴隷は、前衛職と後衛職のどちらでありましょう」

「前衛の盾役がほしいけど、前衛職なら贅沢は言わない」

「ふむ、前衛の盾役ですな。次の質問ですが、男と女はどちらがよろしいですかな？」

「男で構わない。あくまでも即戦力の冒険者奴隷がほしいんだ」

「値段次第では女でも構わないと？」

「強ければね。女でも構わないと思う」

「では、最後の質問です。種族へのこだわりはございますか？」

「それはどういう意味ですか？」

「人種の皆様は人種の奴隷をほしがります。ですが、前衛の即戦力であれば獣人やドワーフ、鬼族《オーガ》などがおすすめでございます」

「少しは知っているけど、種族によってどう違うんですか？」

「ハイ、獣人であれば俊敏性とパワーが高いですし、ドワーフは器用で体力がずば抜けております。鬼族《オーガ》は身体が大きくパワーも体力も非常に高いです」

「メリットばかりに聞こえますが、デメリットはないんですか？」

「ええ、もちろんございます。獣人は打たれ弱い面がありますし、独断先行することが多いようです。人族と相性は良いので、言うことはよく聞きますな。ドワーフは酒好きですので、奴隷であっても酒は必需品です。また、頑固な面があるので主人との相性次第で扱いづらかったりもします。もちろん相性が良いと素晴らしい能力を発揮しますがね。エルフと相性が悪いので、後衛にエルフがいるパーティーでは普通ドワーフは入れません。鬼族《オーガ》は敏捷性が低いのと、頭の回転が遅いというところでしょうか。良い意味にとると従順なんですがね。女の鬼族《オーガ》ですと小柄で敏捷性も高いのですが、その分体力と力は劣ります」

「なるほどね、よくわかった。俺は人種にこだわりはないよ。値段に見合った強さなら種族は問わない」

「ふむ、であれば即戦力の前衛はおおよそ大金貨一〇枚から二〇枚くらいが相場でしょう。ご予算のほうはいかがですかな？」

この段階でコルグがふっかけている感じはしない。おおよそ想定通りの金額だ。今手持ちで大金貨二八枚と金貨が三〇枚ちょっとある。

実質的には大金貨三一枚だ。この感じなら自分の調べ通りの予算で、前衛の奴隷を手に入れることができそうかな。

「大丈夫だと思う。ほぼ思っていた通りの相場じゃないかな」

「タカヒロ様はこの業界に造詣が深いようでございますな。冒険者の方々はなかなか相場に疎くて、この段階で怒って帰られる方もいらっしゃるのですよ」

「知っていても安い買い物じゃないけどね」

「ええ、ごもっともでございます。しかし単純な労働者奴隷や農奴、性奴隷と比べ、冒険者奴隷は自分の命を預けるべきパートナーでございます。高くなるのはやむを得ないことかと…」

「もちろんわかっているさ」

「ありがたいことでございます。それでは、私どもが厳選した冒険者奴隷を別室にご用意いたします。今しばらくこの部屋でお待ちいただけますでしょうか」

「ああ、待たせてもらうよ」

そう言ってコルグは応接間を出て行った。代わって入ってきた獣人の田舎っぽい女の子がお茶を注いでくれる。

エプロンこそしているが、メイドという感じではない。お茶を淹れるのは慣れているみたいだが、仕草の一つ一つが研修中のアルバイトみたいだ。なんとなく微笑ましい。

「お嬢さん、話しかけても良いかな？」

「おじょ、おじょうさんッなんてとんでもねぇべ。ワタスはただの奴隷ですって」

「うん、そう…。じゃあ、少しだけ雑談に付き合ってもらえるかな？」

「ええ、ワタスでよければ」

もしかしたらコルグが意図的に情報を流すように送り込んだのかもしれないが、雑談程度なら問題ないだろう。それにこれくらい田舎っぽい女の子なら、俺でも緊張せずに話せそうだ。

「ここの店主は怖くはないかい？」

「旦那様は怖いことありません。怖いのはモズさんとメイド長様です」

「モズさんってのはどんな人なの？」

「男の人に躾をする人です。怒ると怒鳴るんで、怖いんです」

「メイド長さんも怒鳴るの？」

「メイド長様は怒鳴ったりはしないです。でも、いつもプンプンしてるんだ。細かいこともうるさいこと言うんで怖いんです」

「モズさんはともかく、メイド長さんの言うことはちゃんと聞いたほうが良さそうだね」

「んです。身請けしてもらった人たちも、みんなメイド長様に感謝してるみたいです」

「じゃあ君も、メイド長からいろいろ学ぶといい。ところで君は、冒険者奴隷の人で知り合いはいるかな？」

この子から情報を引き出せるかどうか難しいかもしれないが、やるだけのことはやってみたい。

「知り合いはいませんが、強い人が誰かは知っとります。冒険者奴隷の人たちはたまに訓練するんで、ワタスたちはそれを見るんが楽しみなんです」

「印象深い人って名前はわかる？」

「男の人はメルビン様かな？　人族のおじいさんみたいだけんど、目をつむっていても木剣《ぼっけん》が当たらんです。訓練も負け知らずで、とっても強いんだぁ。あとは、女の人で一番強いレンさんだべ。自分の倍もある男の人を、木剣だけでコロリと転がしてしまうんです。片手しかないのにスゲーべや」

「女の子なのにそんなに強いんだ」

「んだ。鬼族のメイドさんです」

「いいことを聞かせてもらった。よかったらこっそり食べて」

俺は給仕の女の子の手にビスケットを持たせた。銀貨をつかませても奴隷には無意味だろうし。

「ありがとうございますだ。ちょうだいします」

女の子はパクッとその場で食べてしまった。持って出ると取り上げられてしまうのかもしれないな。

それにしてもこの店の最強はおじいさんと女の子か。おじいさんはともかく、片手とはいえ女の子じゃ高くて買えないだろうな。

そんなことを思い耽っていると、少女が頭を下げて部屋を出ていった。淹れてもらったお茶を飲んでゆっくり考えをまとめていると、再びノックの音が響く。

「冒険者様、準備が整いました。ご案内いたします。どうぞ」

恐らくこの人がメイド長だろう。キリッとした雰囲気のある美人だ。こういう美人を見ると、やっぱり女の子の奴隷がほしいなぁと思ってしまう。そう思いつつ、俺はソファから立ち上がった。

第二話『老紳士と鬼メイド』

「旦那様、冒険者様をお連れいたしました」

「入っていただけ」

「失礼いたします。冒険者様、どうぞこちらへ」

「ああ」

俺はメイド長らしきお姉さんに促され、コルグの待つ部屋へと入っていく。コルグが細い目をさらに細くし、ニッコリと微笑みかける。見た目が悪人面なので、少しばかり背筋がゾクリとした。

「こちらに並んでいるのが我が商館の冒険者奴隷となります。前衛職向けの奴隷を選抜して六人ほど置かせていただきました」

右手にズラッと筋肉質な男ばかりが並ぶ中、一番奥に一人だけメイドの格好をした女の子が立っている。美少女なので、恐らく案内係みたいなものなのだろう。冒険者奴隷は手前側から人種・人種・ドワーフ・獣人・鬼族。ドワーフ以外は、みんな俺より背が高い。そのドワーフだって厚みの迫力は他の奴隷に負けていないけど。

「すごい迫力だね。みんな強そうだ」

「ええ、私どもがご用意できる前衛で最高の者だけを選んでおります。ですが、ご予算の都合などがございましたら遠慮なくおっしゃってください。他の者もご用意できますので」

「コルグさん、ここにいる者で大金貨三〇枚を超える者はいるんですか？」

「ちょうど大金貨三〇枚となる者ならおりますが、超える者はおりませんぞ」

「ふむ……まぁとりあえず、ただ見せてもらってもよくわかりませんね。説明してもらえますか？」

「もちろんでございます」

俺が大金貨三〇枚までは用意できると確信したのか、コルグのやる気もグッと乗ってきた気がする。

「では手前からご案内いたします。こちらの人種の青年はまだ二〇歳でありますが、充分中級冒険者として活躍できる実力を持っております」

コルグが紹介した人種の男は、上半身裸でガッチリとした体躯。

『看破』でステータスを見る限り、非常にバランスの取れた戦士タイプの人間だ。剣技も盾技もいくつかスキルを持っており、確かに俺のイメージ通りの前衛タイプだろう。なかなかのイケメンだが、こっちの世界では取り立てて目立つ容姿でもない。ニヤついた表情が、俺よりも人間的な余裕があるんじゃないかとも思ってしまう。正直彼だけ出されていたら、値段次第で即決だったかもしれない。

「バランスが良さそうだね」

「タカヒロ様は奴隷を見る目も優れておるようですな。この者は確かにこの中でも均整の取れた戦士でございましょう。主に剣と盾を扱い、前衛としてはお聞きしたイメージに最も近しいのではないでしょうか」

「そうですね、そうかもしれません。それで彼は、どれくらいするんですか？」

人の金額を聞くっていう感覚はなんとなく違和感を感じるが、現代から異世界に召喚されて日も浅いから余計そう感じるんだろうか。とはいえ、背に腹は変えられない。

「人種ですので大金貨にすると一三枚というところでございます」

「なるほど」

「ご質問があるようでしたら後ほど時間を設けますので、とりあえずは次の奴隷を見ていただきましょう」

「ええ、お願いします」

「では次の奴隷ですが、こちらも人種です。白髪なので見た目こそ老けて見えますが、歳はまだ五〇歳でございます。今並んでいる者の中で剣の腕前は随一でございましょう。実力的に最高峰の上級冒険者でありますれば、最もオススメしたい奴隷でございます」

ステータスを確認すると、年齢以外全ての項目がさっきの男より数倍上だ。防御スキルが少ない分、攻撃のスキルは充実している。アタッカーとして、即戦力どころではないだろう。レベル３の俺より百倍くらい強いかもしれない。白いシャツとスラックスで身なりも良いし、落ち着いた雰囲気のイケオジだ。

「ふむふむ、強そうだね」

「その者は貴族様付きの執事をしておりました。事情がありまして奴隷落ちしておりますが、つい最近まで貴族の従者であっただけあり、剣の技術も知識も最高レベルでございましょう。二刀を扱えますので、剣のみで盾役ということすら可能でございます。年齢的な部分でお値打ちな大金貨三〇枚とさせていただいておりますが、若ければ大金貨五〇枚でもおかしくはございません」

「じゃあ、この中で一番高いんだね」

「ええ、ですが、お値段以上の働きをすることは間違いございません」

「確かに良さそうだけど予算ギリギリだし、他の者も見て決めるよ」

「勿論でございます。それでは次の者をご紹介いたします。こちらのドワーフは大変タフで力も十人力でございます」

確かに体力と力が非常に高いステータスだ。防御系のスキルと鍛冶のスキルを持っており、大盾を持たせれば理想的な盾役となるだろう。中級冒険者でも上位の実力かもしれない。かなりおっさんに見えたけど、まだ三〇代半ばだ。

「これはかなりタフそうだね」

「ええ、大盾と戦斧の扱いも長けております。ドワーフですので大金貨一五枚ほどとかなりのお値打ちでございますよ」

「奴隷に質問をしても良いかな？」

「先ほども申しましたが、ご質問のお時間は後で取っております。今は目で見て、ご自分のパーティーでのイメージをしていただければと思います」

「そうだね。失礼しました」

「では、次の者に参りましょう。こちらの男は獣人族でも狼種の者でして……」

この時俺は、ほぼドワーフの男に決めていた。レベルやステータスを比べて、人種はやはり高い。残りの獣人も鬼族《オーガ》はどっこいどっこいだが、このドワーフは明確に強かった。大金貨三〇枚の人種も魅力的だったが、ドワーフ買って少し貯めればもう一人くらい補充できる。ここで全財産を使い切ってしまうのは、さすがに愚策だろう。そして最後の奴隷の話となる。

「最後になりますが、こちらのメイドの娘は鬼族《オーガ》でございます」

「その子は商品じゃないんじゃないかと思っていましたよ。女の子の冒険者奴隷が今日の予算で買えるんですか？」

「ええ、見ての通りの見た目でございますれば、女としての価値はほぼないかと思われますので」

メイドの格好をした女の子は亜麻色の長い髪と瑠璃色の瞳が印象的な美少女だと、遠目では見えていた。ただ近くで見ると左半身が大きく焼け爛れており、左目と左の手首から先を失っている。部屋に入ってきたときは半身のほとんどが隠れていて、美少女メイドにしか見えなかったが、こうして間近で見ると痛々しいものだ。スタイルはもの凄く良さそうだが、左側の胸の膨らみが不自然なほどなくなっている。服の下も同様に、左側は焼け爛れているのだろう。女性奴隷の優位性、性奴隷の対象とはできないのも頷けた。

「正直ワタクシは、この者をあまりお勧めはいたしません。戦闘能力は問題ないでしょうが、前衛としてタカヒロ様の盾となれるか問題がありますのでな」

「私《わたし》はご主人様の盾となれます！」

「誰がお前に発言を求めたかッ！」

「………失礼いたしました」

　メイドの女の子がスッと美しい最敬礼で返す。ハッとするほどの美しい声は、凛としていてよく通る響きだった。立ち居振る舞いも毅然としており、育ちの良さも窺える。

「コルグさん、なぜこの子は盾となれないと思うのですか？」

「ええ、それはこの娘が私共のところへ来た経緯と関わっております。この娘、とある貴族様の冒険者メイドをしておったのですが、戦闘において主人を守りきれなかったのでございます。その結果、貴族様は冒険者を引退せざるを得ない状況になりましてな。そのうえ、この娘は片手を失っております。膂力は問題なくとも、盾を装備させるには括りつける他ありません。器用なドワーフならばともかく、鬼族の娘に盾を括りつけて戦闘させるなど無茶に過ぎましょう」

「ふうん、でもここにいるってことは強いんでしょ？」

「ええ、冒険者としては中級の中でも上位にいてもおかしくない実力でございます」

　ステータスを見る限り『大金貨三〇枚』とそう大差がないように見える。特に力と体力は大きく上回っていた。充分上級でいけるんじゃないだろうか。

「この子は大金貨にするといくらくらいなんです？」

「この娘は大金貨二一枚でございます。隻腕の鬼族であれば二〇枚を切りたいところですが、この娘の能力や知識だけは間違いございませんので…」

「うん、わかってる。五体満足なら、ものすごく高いんだろうねぇ」

「ええ、貴族様に仕える鬼族メイドは何百年も美しい者だけかけ合わせ、戦闘の訓練も最高峰のものを積んでおります。この娘は本来ならば、市場に出回ることなどはございません。もし、万全の状態で市場に出れば大金貨五〇枚はくだらないでしょう。火傷を受ける前は、それは見目麗しい娘であったとも聞いております」

「純粋に強いからの大金貨二一枚か」

「ええ、多少魔法を使える点も加味しております」

「わかりました。一通り見たので質問に移りたいのですが」

「承知いたしました。そちらの衝立の奥にソファがございます。おかけください。今お茶をご用意させます。メイド長、お茶を」

俺をこの部屋へ連れてきてくれたお姉さんが、やはりメイド長のようである。綺麗なお辞儀をして、部屋を出て行った。

「それじゃあ、早速質問をしてもよろしいですか？」

「ええ、お伺いします。ですがその前に、タカヒロ様は最初の人種と獣人、鬼族の男には興味はなさそうでございますな」

「おっと、顔に出ていましたか？」

「長年この仕事をしておれば、なんとなく反応でわかるものでございます。この三人は下げさせていただいてもよろしいですかな？」

「ええ、結構です。でも商人の方って、興味がない人材でも上手に売り込んでくるものかと思っていましたよ」

「今後のお付き合いもございます。ご納得していただき、気持ちよくご購入していただければ幸いでございます」

「ふむ、そういうことにしておきましょうか。では、質問させていただきますね」

「どうぞ」

ここからは、コルグとの交渉合戦となるだろう。俺は歴戦の商人相手とのネゴシエーションに緊張しつつも、少しばかりの高揚感を感じていた。

第三話『契約』

「では人種の大金貨三〇枚の方からいいですか？」

「その呼び方は少々手間でございましょう。あの者はメルビンと申します」

さっきの侍女の情報だと、このメルビンとレンという女の子が最強だったはずだ。

「じゃあ、メルビンさんはどういう経緯でこちらに来られたのですか？」

「ええ実はこの者、先ほどの鬼族の娘と同じ貴族様にお仕えしていた執事なのですよ。ですので、その経緯のお話をさせていただくには、貴族様が冒険者を引退となった原因のお話をさせていただくのがよろしいかと……」

「貴族様のお話なんか、自分が聞いてもいいんですか？」

「市井《しせい》では知らぬ者のいないほど、有名な話でございますので」

「なるほど。じゃあ、お願いします」

「では、少しばかり長話にお付き合いください。三月《みつき》ほど前の話でございます。西の大峠にアシッドドラゴンが二頭出没しておりましてな、村が二つほど焼かれて喰い滅ぼされました。そのことを憂いた陛下が、冒険者に討伐の依頼を出したのでございます。軍を出すにはアシッドドラゴン二頭程度では大袈裟すぎますし、南方の帝国への備えも必要ですからな。こうして上級・中級冒険者たちがいくつかのチームとなってアシッドドラゴン討伐に向かいました。本来であればアシッドドラゴンとはいえ、討伐隊の敵ではなかったでしょう。実際に二頭のアシッドドラゴンはほどなく討伐されております。しかし、ドラゴンはもう一頭おったのです。数百年は生きている親竜で、伝説級《レジェンダリー》の巨竜でありました。二頭の子を冒険者に殺された親竜は怒り狂い、凄まじい力で襲ってきたと聞いております。討伐隊も半壊し、撤退せざるを得ないという状況で、親竜に一矢報いたのがこの『メルビン』にございます。二刀を使い、仲間と連携をして伝説級《レジェンダリー》の親竜を追い詰めました。その時、トドメとばかりに躍り出たのがベンゼル侯爵の次男、アレス様でございます。この討伐隊のリーダーであり、ポロの街最強の冒険者パーティーを率いる方でございました。勿論、親の七光でリーダーとなった方でございますので、しっかりと護衛役もついております。あの鬼族の娘『レン』がそれにございました。ドラゴンの首を獲ろうと奮戦するアレス様でしたが、あと一息といったところで、ドラゴンから手痛いしっぺ返しをもらうこととなります。ドラゴンは死際に凄まじいまでのアシッドブレスを放ったのです。あの娘の半身が焼け爛れているのは、その時主人を庇ったからでございます。ブレスのあまりの勢いに盾は溶かされ、半身を焼いて主人の盾となったものの、アレス様の片足とアレス様の恋人であったエルフ族の男はこの世から失われてしまいました。他にもパーティーメンバーをもう一人失ったと聞いております」

「アレス様の恋人は男性でいいのですか？」

「ええ、ベンゼル侯爵家の次男様がそちらの御趣味をお持ちだというのは、市井では子供でも知っております」

いろいろ貴族様のプライベートが酷いな。晒し者じゃないか。

「その話を聞くと、メルビンもレンも英雄的じゃないですか？」

「勿論、冒険者の間では忠義の者として讃えられております。しかしながら、相手は貴族様の話にございます。主人を守りきれなかった奴隷は罰を受けなければなりません。メルビンは奴隷として売却され、レンは本当は死罪となる予定でございました。ベンゼル侯爵が、アレス様を説得しレンも奴隷落ちさせるということで話をまとめたと伺っております。侯爵も息子の命の恩人を死罪にするのはあまりにも非道とお感じになられたのでしょう」

「だとしても、酷い話だねぇ」

「ええ、まあ。しかし、この手の話は貴族様が関われば少なくございません」

「なんとなくだけどわかります。どこにいても似たような話はありますしね」

それにしても長い話だったな。

「ええ、ですのでメルビンとレンはそういった経緯で奴隷に落ちております。それとドワーフのザンギエフは借金のカタで売られてきました」

「そっちは随分あっさりだね」

「もっともアシッドドラゴンが関係しているのは変わりません。ザンギエフは滅んだ村の最も大きな商館の護衛役だったのですが、店主と共にポロの街に出ていて命は助かりました。しかし、店主は村が壊滅して、資産のほとんどを失いましてな。やむをえず、売掛のカタとしてかの者を売るしかなかったのだと聞いております」

「ドラゴンは天災みたいなものなんですねぇ」

「ええ、まさにおっしゃる通りです。ワタクシも西の大峠を越えるために、送っていた馬車が襲われて大損害にございます」

「じゃあ俺をカモにして、ザックリ稼ごうって感じなのかな？」

「とんでもございません！　高額な冒険者奴隷を購入していただける機会はそう多くはございません。基本的に貴族様向けに定期的に出るものではございますが、今はかなり時期を外れております。タカヒロ様には誠心誠意おつきあいさせていただいて、今後とも良い関係を築かせていただきたく思っております」

どこまで本気かはわからないが、今の態度は誠実なものに感じられた。これが嘘だと、俺じゃ太刀打ちのしようがないかもしれない。

「わかりました。今のコルグさんの言葉に嘘はないと信じるよ。じゃあ、具体的な質問に進んでも良いですか？」

「ハイ。宜しければ、かの三名に直接質問してはいかがでしょう」

「ええ、是非お願いします」

「では、メルビン、ザンギエフ、レン！　こちらに並びなさい。メイド長、他の者は戻しておいてくれ」

「畏まりました、旦那様」

メイド長の返事と共に三人の奴隷が衝立から回り込むように入ってくると、コルグの後ろにズラッと並ぶ。

こう大男と並ぶと、メイドの女の子はすごく華奢で小柄だな。それでもステータスはとても高くて、ステータスだけならドワーフを圧倒している。

「じゃあ、直接質問してもいいかな？」

「ええ、構いません。どの奴隷に質問いたしますかな？」

「じゃあドワーフのザンギエフさんから聞かせてもらおうか」

「おうよ！　なんでも聞いてくれッ」

「お主！　言葉使いに気をつけなさい！　身請けしてもらえるかどうかの瀬戸際なのだぞ」

「いいんです、コルグさん。冒険者として一緒に行動するようになれば、一々こんなことで腹を立てたりしませんよ。それよりも彼の場合問題になるのは『酒』の量でしょう。あなたは一日どれくらい必要となりますか？」

「おお、酒か！　ワシは一日一瓶でなんとか我慢できるぞ」

「それを持って冒険に出て、役に立つのかい？」

「お主は世間知らずなのかのぅ？　ワシらドワーフはみな魔法の箱を持っておる。重さを感じぬ箱じゃ。これに酒を入れればなんの問題もないわい」

「コルグさん、それは奴隷でも持っているものなんですか？」

「ええ、ドワーフはほとんどの者が自分で作ることができますが、魔法の箱でしたらサービスでおつけできます」

「それはありがたい。ところでザンギエフさん、あなたは得物は何を使いますか？」

「戦斧《おの》じゃな。あとは大盾があれば、鎧なんぞ鎖帷子で充分じゃ」

「耐久力には自信ありそうだね」

「ドラゴンの尻尾で引っ叩かれてもワシならば耐え切れるわい。実際何度かドラゴンと戦っておるからな。このあたりの魔物ならワシ一人で十分じゃ」

「頼もしいね………とりあえずはわかりました、ありがとう。次に質問するのはメルビンさんです」

「どうぞよしなに」

「俺自身は、戦力としてはまだまだ全然役に立たないと思う。レベルが低いからね。そうなると前衛に負担をかけることになると思うんだ。メルビンさんはそれでも盾役として大丈夫かな？」

「………相対する魔物の強さは如何程《いかほど》でしょう？」

「俺が強くなるまでは、この辺りの魔物になると思うよ」

「であれば、全く問題ございません」

「この辺りの魔物なら敵なしってこと？」

「ポロ近辺の魔物に遅れをとることはございません。冒険者様が中級になるくらいまで、ワタクシ一人でも十分でしょう」

「うん、頼もしいね。コルグさんから得物は剣と聞いているけど、やっぱり高価な武器は必要かな？」

「この辺りの魔物であれば『鋼の剣』程度で十分でしょう」

『鋼の剣』でも大金貨一枚くらいはする。俺が今装備している剣が『ミスリルの剣』で大金貨にすると七枚くらいだけど、売っ払ってもう少し安い装備を整えてもいいかもしれない。

「二刀使うんだって？」

「よくご存知で。人並みには扱えます」

控えめに人並みとか言っているけど、『二刀流』だけでもかなりのレアスキルだ。そのうえ、二刀独自のスキルを数多く持っている。上級でも中々いない人材だろう。

「タカヒロ様、メルビンの剣技はこの街、いやこの国でも屈指のものでございますぞ」

「うん、メルビンさんは控えめなんだね」

「この者の謙虚は度が過ぎておりますな。メルビン、自ら売り込まねば身請けしていただけないのだ。もう少し積極的に売り込みなさい」

「……………失礼いたしました」

メルビンは胸に手を当て、深々をお辞儀をして応える。惚れ惚れするほど美しいお辞儀だ。

「最後はその子だね。レンちゃんだっけ？」

「ハイ、冒険者様。私はレンと申します」

「君は鬼族なんだね？」

「ハイ、鬼族です。冒険者様がお求めの盾役として、お役に立てると思います」

確かに体力も耐久力もドワーフを大きく凌ぐステータスだ。攻撃と防御のスキルのバランスも良いし、オリジナルのスキルや魔法も持っている。ただ…

「多分、俺からすれば君の強さは必要にして充分なんだろうね。だけど、正直その腕は心配かな」

「………確かに私の左腕は手首から先はありません。ですが、肘に盾を括りつければ冒険者様の盾にはなれます。それに私は盾のスキルもいくつか持っています」

「盾のスキルなら、ワシも持っておるわい。それに括りつけては、大盾は装備できまいて」

ドワーフのザンギエフが話に割って入る。彼からすれば、身請けしてもらうチャンスだ。少しはアピールしたくもなるだろう。

「私は…命をかけて盾となります」

「そんなもんワシじゃって…」

女の子の贔屓をするわけじゃないけど、ちょっとザンギエフが意地悪に見えちゃうな。

「一言よろしいでしょうか」

メルビンが会話に入ることを求めてくる。凛とした態度で、静かに低いバリトンボイスを響かせた。その存在感は、有無を言わさぬ圧倒的なものを感じさせるし、仕草も佇まいもカッコいい。

「どうぞ」

「旦那様から我らのことはお聞きになっていらっしゃると思います。過去にワタクシは彼女と同じパーティーにおりました。貴族様のお守りではございますが、この街では最高の冒険者パーティーでございます。

その中でも彼女と私は一歩抜きん出ておりました」

「その話を聞いても、俺じゃなんともわからないかな。コルグさんの意見を聞きたいな」

「娘はともかく、メルビンは間違いなく最高峰の剣士でございます」

「そう聞くと、メルビンさんより一枚落として見てしまうね」

「そのようなことはございません。彼女に戦闘技術を教えたのは私でありますが、彼女は天才的な才能を持っております。剣の腕だけであれば私に軍配も上がるでしょうが、前衛の総合力であれば誰にも引けはとりますまい」

「あなたは自分よりも彼女を推すんですね。それは彼女があなたの弟子だからですか？」

「否定はいたしませんが、彼女は私めと違い伸び代が多くございます。それは片手というハンデを埋め合わせて余りあるでしょう」

「若さってことですか？」

「それもございます。ですが、彼女は天の才に恵まれておりますし、それに見合った精神も持ち合わせております」

メルビンさんの熱の入りようは、異様とすら感じる。あまりに推すので、レンは頬を赤く染めていた。コルグはやれやれという表情で、苦笑いを浮かべている。

「レンちゃんは、随分と先生から評価されているみたいだね」

「私はメルビン様が言うほどの者ではございません。ですが、必ず冒険者様のお役に立てると思っております」

俺は一度メルビンのほうを見る。彼は俺と目を合わせると、大きく首肯した。再びレンに視線を戻す。

「俺が君の見た目に関して、ひどいこと言ったらどうする？」

「私は気にいたしません。私の半身は焼け爛れておりますが、これは先の主人の命を守った証です。誇りに思っても恥とは思いません」

「うん、いいね。コルグさん、この娘を身請けしたい」

「タカヒロ様、こんなに早く決めてよろしいのですかな？」

「優柔不断で色々悩んでも、何も決まらないからね」

「そう仰るなら、是非もありませんな」

「うん、よろしく頼みます」

⁂

俺がレンを選んだのは完全に直感だった。憂いを帯びた瞳、半身だけなら美しい容姿、女の子らしい可愛らしい声、それらも勿論魅力的だったんだけど、ピーンとくるってまさにこのことだって思ったんだ。ステータスや剣のスキルならメルビンだし、コストパフォーマンスならザンギエフだっただろう。でも、レンの凛とした態度とメルビンに引けを取らない存在感は、とても惹きつけられるものを感じたんだ。

⁂

隷属契約の儀式自体は、簡単なモノみたいだ。コルグさんが『隷属契約』のスキルを使って二人の間に契約を結ぶだけである。むしろ、その前の契約条件を詰めることのほうが面倒だろう。ドワーフであれば『酒』のように、レンにも譲れないものがあるわけだ。彼女は『メイド』であることに強い執着があった。戦闘であっても常にメイド服を着るというわけのわからないこだわりだったが、エッチなことがNGというわけではないのでOKとしている。正直俺は、生まれてこの方童貞だし、バイト先の女子以外とほとんど喋ったことがない。そんな俺だから、このくらい見た目に女子感がない子のほうが安心できる。いざ本番となると勃起するかどうかわからないが、コミュニケーションを取るくらいならちょうどいいだろう。セクハラくらいはレンで経験して、いざ娼館で脱童貞という甘い計画を思い描いているのだ。そんなこんなで、契約の儀式となった。

「これより『レン』は冒険者タカヒロの奴隷となった。身命を懸け主に尽くし、主の盾となることを誓え」

「誓います」

「冒険者タカヒロよ、汝はレンの主《あるじ》となった。主として奴隷の生活の保証をすることを誓え」

「誓います」

「これで、二人は主従である。神樹の加護のあらんことを」

『隷属契約』

スキルが発動して、俺のステータスに『奴隷レン』と記された。レンのステータスには『タカヒロの奴隷』と記されている。これで契約完了だ。

「じゃあ、行こうかレン。これからよろしく頼むよ」

「ハイ、ご主人様。身命を賭してお仕えいたします」

少し仰々しいけど、間違いなく強いパーティーメンバーを得た。特に目標とかはないけど、ある程度強くなればこっちの世界で楽しくやっていけるだろう。そんな楽観した俺の考えが、レンによってすぐにぶっ潰されることになるのである。

第四話『意識高いメイド』

俺はまず、レンに装備を整えることにした。見た目も見た目なので、左目に黒い眼帯をつけて長めの前髪をおろすようにしてもらっている。そのための髪留めもプレゼントした。これで見た目はかなり可愛くなったと思う。左側の頬の肉がないので、歯茎が剥き出しなのはどうしようもない。外套のエリを使えば隠せたりもするが、どうしてもメイド服以外は着ないと固辞するのだ。レンのこだわりは、よくわからない。

その後、防具屋で片手で持てる盾の中では最も大きく頑丈な『鋼の盾』を特注で発注した。手首から先が失われた手に括れるようにするために加工が必要なので、一週間ほどかかるらしい。なのでしばらくレンは大金槌のみで前衛をすることとなった。この辺りの魔物であれば、盾がなくても全く問題ないという彼女の言葉を信じての判断だ。

実際レンは、戦闘において盾を必要としなかった。即断速攻・獅子奮迅の活躍で、この辺りで最強の魔物であるアルミラージやサイクロプスですら一撃で葬った。パーティー効果でみるみる俺のレベルも上がり、我ながらホクホク顔である。試しに弱い敵で戦闘に参加してみたが、魔法攻撃であれば援護としてそこそこの火力で参戦できそうだ。取り敢えずは、少し胸を撫で下ろしてもいいだろう。実力試しとレベル上げが一段落したところで、徐《おもむろ》にレンが話しかけてきた。

「ご主人様は、貴族の御子息様なのでしょうか？」

「いや、こっちの世界じゃ天涯孤独だよ」

「こっちの世界……ですか？」

「ああ、俺は王様に召喚された別世界の住人だよ」

「ええッ！　それは『召喚勇者様』ということでしょうか？」

「そんなご立派なものじゃないよ。俺はスキルが下賤だとかで、すぐに王城を追い出された人間だ」

「でもでも、召喚されたのは間違いないのですよね？」

「好き好んで呼ばれたわけじゃないけどね」

「ハァ、なんと、まあまあ……。ご主人様は少し浮世離れしているように感じましたが、勇者様だったなんて」

「一応王様は、俺がのたれ死んでいると思っているだろうから、他所の世界から来たことは内緒にしてくれよ」

「承知いたしました」

「まあ、ある程度強くなって中級冒険者くらいになったら、のんびりその日ぐらしができればいいよね」

「ご主人様、何をおっしゃるんですかっ！　ご主人様は世界に平和をもたらす勇者様なんですよ。そのような志の低いことを仰ってはなりません！　きっとご主人様は、魔王を討伐する大業を為す方です」

「いやいやいやいやいやいやいや、俺はそんな大事をやる気なんてサラサラないからね。勘弁してよ」

「いいえ、いけません。ご主人様は世界で三人しかいないない伝説の勇者様なのですよ」

「いるんじゃん、三人も」

「三人しかいらっしゃらないのです。先の勇者様は一〇年以上前にパサートという街で召喚されたと聞きます。他のお二方は存じませんが、どちらかがお亡くなりになったのでしょう。それでご主人様が召喚されたのだと思います」

「世界に同時に三人まで召喚されるってことか」

「そのようです。数百年前より勇者様は、世界に三人現界されるとされています」

「そんなに前から勇者が召喚されているのに、魔王は負け知らずなんでしょ？　俺じゃ絶対無理じゃん」

「いいえ、魔王は幾度も討伐されております。一度魔王を討伐すれば、三〇年から五〇年は魔王が現れなくなると言われています。今の魔王は顕現してから五〇年ほどと言われておりますが、あと一歩まで追い詰めた勇者様もいらしたそうです」

「でも、五〇年は長期政権なんじゃない？　強い魔王なんでしょ？　俺は王様から見放されてるんだから、がんばらなくてもいいんじゃないかなぁ」

「力を持つ者は、その力に見合った働きをしなければなりません」

「ノブレス・オブリージュとかってやつ？　勝手に呼んでおいて、それって酷くないか？」

「ですが、勇者様……いえご主人様は神樹様より力を授かっているはず。それは王様の意志というより、神樹様のご意志なのです。神樹様より授かったスキル、その扱い次第によっては救世主となれるはずです。ご主人様が神樹様より授かったスキルはどのようなものなのでしょうか？」

「王様が見捨てた『スティール』ってスキルだよ。お金や物を相手が気がつかれないうちに奪い取ることができる。お前を身請けした金だって、そういう汚い金なんだ」

「本当にそのようなスキルなのですか？　神樹様より授かる勇者様のスキルらしくございませんが」

「最初はね、俺もお金や物だけだと思っていたんだよ。でも実はちょっと違う。相手から『スキル』だろうが装備品だろうが、なんでも一つだけ奪い取ることができるんだ」

「スキルを奪う!?　それはとても凄いことではございませんか？」

「そう思うでしょ。でもね、実際の戦闘ではそれほど使えない。俺のレベルが低すぎるのもあるだろうけど、たくさん剣技や魔法を持っていても使いこなせてない。本来の威力が出ないんだよ。所詮人から奪ったものだから、下地がないいんだろうね」

「なるほど、下地ですか………。ご主人様、それでは修練をいたしましょう。私はある程度剣の心得も魔法の心得もございます。その極意を主人様にご教授いたします」

「極意？　そんなの簡単にご教授できちゃうの？　できたとしても、俺超大変なんじゃないの？」

「大丈夫です。きっとご主人様ならすぐに極意を掴んでいただけると信じております」

「いやいやいや、信じられないよ。無理です無理です無理ですよ。努力なんて人並みにしかしてこなかったんだから」

「何を仰います。別の世界からこの世界『ワーゲン』にいらしただけでも、ご主人様は特別に選ばれた方でございます。きっとご主人様には、スキル以外にも秘められた素晴らしいお力があると、レンは信じています」

「そんな力はないと思うんだけど…」

「ご主人様、あまり深く考えずにまずはやってみましょう。剣術も魔法も上手に使えるようになることは、とても楽しいことでございますよ」

「レンは結構押しが強いよなぁ。俺がご主人様のはずなんだけど…」

「ささ、まずはやってみましょう」

「うう〜」

レンの押しの強さに押し切られて、俺はブツブツ言いながらも結局修練をすることになってしまった。

※

レンの修練は「なるほどな」と思うような、ツボを心得たものである。俺がほとんど武術の経験がないことを知ると、基本中の基本から懇切丁寧に指導してくれる。手取り足取り丁寧にだ。

その際に女の子の独特のいい香りがするし、肌の感触がとても柔らかい。何より顔の火傷のおかげで、童貞の俺が女の子相手に緊張しないのである。違った意味で五感を研ぎ澄ますため、自然と修練にも身が入った。

とはいえ、体力は人並み。陽が暮れる頃にはもうクタクタです。ハイ、ダメ、もう疲れた。

「ご主人様、陽も暮れてまいりました。本日の修練はここまでにいたしましょう」

「……おつかれさまぁ……。本当にこれから毎日これを続けるの？」

「ハイ。午前中は魔物狩りでレベルを上げて、午後からは剣術と魔法の修練といたしましょう」

「レベル上げだけでいいんじゃない？　こんなの毎日じゃ身が持たないと思うよ」

「レベルが上がってもステータスしか上がりません。武術や魔法の鍛錬をしておけば、その高まった力を十全に扱うことができます。今のご主人様のお力では、ゴブリンの群れに囲まれたら逃げることもできませんでしょう」

「そうならないための、レンでしょ〜よ」

「勿論、ご主人様の盾としての役割はしっかり果たします。ですが、ご主人様が強くなることこそ、最大にして最高の守りとなります。今日は、そのことがよくわかりました」

「今日は、基本をただただ繰り返しただけでしょ」

「ハイ。ですが、なかなか基本を大事になさる貴族様は少ないのです」

「俺、貴族じゃないし」

「承知しております。ですが勇者様ともなれば貴人。尊きお方です。私がお教えした基本を、今日のように丁寧に繰り返せば必ず上達が早まります。ご主人様の直向《ひたむ》きなお姿に、なんのかんの仰ってても志の高いお方だと感服しました」

「ハァ…、レンがこんなにお喋りで押しの強い子だなんて思ってなかったよ。なんだか色々ともういいや。疲れすぎてよく頭が回らない。今はとにかく宿に帰ろう。今日はめっちゃ肉食うぞ！　肉っ！」

「そうですね、疲労の回復にはお肉もよろしいかと思います」

レンの許可も出て、とりあえず今日の修練はここまでとなった。宿に帰って肉を食べることに関しては、レンも異論はなさそうだな。明日からのことを考えると憂鬱になりそうだから、今はとにかくご飯のことだけ考えることにしよう。高価なミスリルの剣を杖代わりにして宿へと戻る姿は、我ながらお爺ちゃんみたいだと思わざるをえなかった。

第五話『痒いところはございませんか？』

俺たちは肉いっぱいの食事を済ませ、宿の部屋に戻っていた。

「う〜食った食ったぁ。お腹いっぱいだよ」

「ご主人様、ごちそうさまでした。ですが、本当に私がご主人様と同じ食事をいただいてよろしいのでしょうか？」

「別々に食事をとるのは、効率的じゃないでしょ」

「ですが、私は奴隷です。奴隷がご主人様と同じ食事をとるなんて、聞いたことがございません」

「別にそんなの気にしなくてもいいんじゃない？　俺は知らないおっさんに話しかけられる酒場の雰囲気は好きじゃないし、そんなところで一人寂しくご飯なんて食べてられないよ。レンも、それくらい付き合ってくれてもいいでしょ」

「冒険者として食事の席に同席はいたしますが、食べ物まで同じものになさらなくてもよろしいかと思います。どこの酒場でも奴隷用の食事はございますので」

「でも美味しくないでしょ？　俺はこの世界で一番の楽しみって、食事なんじゃないかと思うよ。前の世界と比べると色々悲しい気持ちになるけど、それでも食べ物はなかなか美味しいと思うからね」

「奴隷の食事が美味しい必要はありませんが……」

「俺は同じ物を食べて、楽しく食事がしたいだけなの。そのほうがパーティーとしての信頼関係が築けるでしょ」

「私は奴隷ですので、ご主人様との契約に背くことはできません。信頼関係などは必要ないかと……」

本当にああ言えばこう言う子だ。おじさんドワーフのほうが良かったかな？

「もういいの！　この話はここまで。今日は本当に疲れたんだよ〜」

俺がベッドに倒れ込むと、レンは少し困った顔をしている。とりあえず、食事に関して俺を言いくるめることはあきらめたようだ。疲労感に耐えきれず俺はベッドでゴロゴロしているが、レンは机のそばにスッと立っていた。背筋をピンと伸ばし、美しい立ち姿だ。ちょっとだけ緊張も解けたのか、だんだんと柔和な表情になっている。

それもそうだろう。身請け先も決まり、取り敢えずは生活の保証もされた。冒険者につきものの危険な冒険も、相方の俺が臆病でヘナチョコだから当分命の心配もない。この辺りの魔物なんか、レンにしてみれば敵ではないからね。俺が無茶さえしなければ、彼女が冒険で死ぬ可能性は低いだろう。そういう意味では、俺に身請けされるのは本来いい就職先のはずだ。

しかし彼女は俺に高みを目指すように導こうとしている。この世界の住人らしからぬ考え方だ。こっちの世界でも騎士や宮廷魔道士なんかはそういう意識の高い考え方もできるだろうが、一介の冒険者奴隷がそんな風に感じることはまずないだろう。多分だけど、レンはかなり特殊な例なんだと思う。そんなことを考えていると、『コンコン』と部屋をノックする音が聞こえた。

「お湯持ってきたぞ」

頼んでいたお湯を、宿屋の下男が運んできたようだ。レンがドアを開けて、お湯の入ったタライを受け取った。俺が出たら部屋の中まで運んでもらうところだが、レンは片手で軽々と受け取ってみせる。

「ご主人様、お湯が届いたようです。私がお体をお拭きいたしますので、お洋服をお脱ぎください」

「うん？」

服を脱げ？　体を拭く？　確かに体を拭くつもりでお湯を頼んだけど…

「あ、失礼いたしました。私がお洋服を脱がさせていただきますね」

「いやいやいや、え、なんで？」

一瞬思考が止まってしまった。その隙にあれよあれよと服を脱がされていく。この流れるような手の動きに、身を委ねることがなぜか心地よかった。

「ご主人様のお体を拭くのはメイドの仕事でございます。ご入浴でしたらお背中をお流しするのですが、本日はお湯ですので」

レンが色々言っているうちに、俺はあっという間にパンツ一丁になっていた。これからレンが俺の体を拭いてくれるというのか…。女の子に色々触れられて勃起しちゃっても、仕方ないよね。レンのお仕事だって言うし。

「えっと、お手柔らかに」

「ハイ、ではご主人様、どうぞこちらへ」

レンにタライの前に移動するよう促される。かなりドキドキしてきちゃったぞ。

「では失礼いたします」

レンが俺の手を脇で挟み、布を使って首筋からじっくり拭き上げていく。布越しとはいえ、女の子の手の感触が伝わってきた。柔らかいし、良い香りもする。レンの体拭きは丁寧でありながら、心地よい強さでテキパキとした手つきだった。まるでマッサージでもされているような気持ち良さ。脇の下から胸元を通ってデコルテラインあたりを拭かれると『ゾクリ』としちゃうし、乳首の先を指先が掠めた時なんかは『ビクッ』って反応してしまった。

「ご主人様、痒いところはございませんか？」

「いや、大丈夫。気持ちいいよ」

「それは良かったです。次は背中のほうに回りますね」

首筋から背中にかけて丁寧に拭かれていく。脇腹のあたりはちょっとくすぐったいな。

「よろしければ、今下着の交換をいたしますか？　後ほどお洗濯もしますし」

ゼンラ～で全身を拭いてもらうってことですか！　童貞には難易度高いんじゃないか？　でも、折角だし、もしかしたらもしかするかもしれないし…。

「う、うん、ぬ、脱ごうかな。し、下着の替えは、リュ、リュックの中に入れてあるよ」

「承知しました」

レンがリュックから下着を取ってくると、後ろから一気に俺のパンツを下ろす。手慣れているのか、全く躊躇がない。あっという間に涼しくなったが、淡々とレンは俺のお尻を拭いている。たぶんお尻の穴まで丸見えだろう。股の間から細い腕が侵入してきて、デリケートなゾーンを拭いていく。玉袋から尻穴に向かって丁寧に拭き、さらに先にある俺の肉棒にもレンの手が触れた。被っていた皮を指先で器用に剝きながら、刺激しないように優しく優しく丁寧に拭く。本来なら勃起して応えるべきなんだろう。しかし、女の子に体を拭かれるという人生初体験で緊張した俺の息子は、物理的な刺激のみでの半勃起どまり。そんなことを知ってか知らずか、レンは淡々と内腿から足全体の拭き上げに移ってしまった。なかなか期待通りにはならないものだ。残念な気持ちと少しホッとした気持ちが入り混じって、なんだか悶々としてしまった。

「ご主人様、失礼いたします。どうぞ足を入れてください」

レンが左手に俺のパンツを引っかけ右手で広げ、器用に『穿かせます』と待ち構えていた。

流石に女の子にパンツを穿かせてもらうのは小っ恥ずかしい。

「いいよ、自分で穿くから」

そう言ってレンからパンツをぶんどって、さっさと穿く。妙な緊張感が解けたら急に疲労感を感じたので、俺は再びベッドに腰をかけた。すると、レンがスルスルとメイド服を脱ぎ始める。今度は自分も体を拭くのだろう。

「ご主人様、お見苦しいものを見せてしまうので、こちらを見ないでいただけますか」

「そ、それは約束できないな。見たくなったら見るし、見たくなかったら見ないから」

「承知いたしました。ただ、服の下は顔よりも悍《おぞま》しいかと思います」

レンの表情は少し寂しそうな表情に見える。間髪おかずに『シュルリ』とメイド服を全て脱ぐと、白い肌とんでもなく美しいクビレが目に飛び込んできた。お尻の形がビックリするほど綺麗で、脚とウェストが想像以上に細い。丸顔でふっくらした印象を受ける顔のラインだったから、この身体の細さはちょっとビックリだ。でもすぐに、レンの言った意味は理解できた。左半身肩から脇腹にかけて皮膚が黒々と炭化し、ひび割れた皮膚の間がマグマのように赤黒く光っている。左腕は真っ黒で、足首から先も左側は炭化していた。なるほど、悍しいというのは間違いないかもしれない。俺も思わず顔を背けてしまったくらいだ。その気配を感じたのだろう、レンは「ご主人様、すみません。お見苦しいものをお見せしました」と、か細い声で応える。

「レンのせいじゃない。見ないでって言ったのに勝手に見た俺が悪いんだ。それに、俺はレンをそんな目にあわせるような無茶はしないから」

「ご主人様、私はご主人様がどのような冒険をなされても、必ず盾となることを誓っています。ですが、私の手が届かない時にご主人様をお守りできるのはご主人様の強さだけです。お願いですので、修練はお続けください」

「う、うん、わかったよ」

前の主人を守り切れなかった後悔が、心のどこかにあるのだろう。レンの声は固い決意と緊張感のあるものだった。なんだか『クソ真面目な生き方だなぁ』って思ってしまう。もっと気楽に生きればいいのに。

などと思っているうちにレンの体拭きが終わり、メイド服に着替えていた。エプロン装飾が少し違うし、同じ紺色でもこちらのほうが色褪せているように見える。こちらのほうが普段使いなのかな？　生地なども少し薄そうだ。

「メイド服は何枚か持っているんだね」

「ハイ、本日は身請けしていただけるように、持っている中では一番仕立ての良いものを着ておりました。そちらともう一着だけメイド服を持っております」

「旅するようになると、もう何着か必要だよね」

「基本的に冒険者の旅は着替えをすることはあまりありません。ほとんど野宿ですので。町から町に移る時は着替えが一着あれば充分でしょう」

「でも俺が買ってあげるって言ったらほしいでしょ？」

「メイド服を買っていただけるのですか！　もし買っていただけるのでしたら、これに勝る喜びはありません」

「そっか、俺もレンの新しいメイド服、見てみたいな。一つ二つ仕立ててもいいんじゃないかなって思うよ」

「まあ、本当なんですね！　それはとってもとっても楽しみです。ご主人様、本当にありがとうございます」

レンは満面の笑顔で嬉しそうだ。左頬の肉がないので、歯茎が見えてちょっと怖いけど………。

「それでは、お礼に明日からの修練をより厳しくいたしますね」

「嫌だよ！　どうしてそうなんのッ！　優しくしてよ、労ってよ」

「優しく労るですか？　う〜ん………それでしたら寝る前のマッサージなどはいかがでしょう？　今日の疲

労を残さずに、明日はスッキリ起きられますよ」

「へェ〜、レンはマッサージなんてできるんだ」

「ハイ、メイドの嗜みです。残念ながら両手ではできませんが、片手でも力不足ということはないと思います」

「ふ〜ん、じゃあマッサージしてもらおうかな？　気持ち良かったら毎日やってもらうかも」

「ハイ、喜んでマッサージさせていただきます。ではベッドにうつ伏せになってください」

パンツとシャツだけの格好でベッドでうつ伏せになる。寝る時はいつもこの格好だし、ちょっとした肌と肌との触れ合いを期待しないでもない。

「ほ〜い、よろしく」

比較的いい宿屋に泊まっているが、ベッドのマットはペラッペラだ。

むしろマッサージしてもらうならそのほうが好都合だろう。

「では失礼いたします」

レンが俺の足元のほうへ回ると、ギュッと右足の裏のツボを押してくる。少しだけ冷たい手の感触が心地いい。この感触が女の子の肌の感触なんだろう。さっきよりも淡い期待が高まっちゃうな。

レンが始めたのは所謂、足つぼマッサージ。グイグイっと力強く揉んでは押していく。気持ちもいいがちょっと痛い。『イタぎもちいい』という感じなんだろうか。足の甲とかが想像以上に痛くて、たまに呻き声を上げてしまった。しかし、少し痛みを感じた後は、同じように押されてもだんだん痛みを感じなくなっていく。血流が良くなったのか、足先がポカポカしてきた。レンのマッサージはいつの間にか足先から脹脛・太腿へと上がっていく。途中でグイッと膝を曲げられ、足の側面をグイグイっと押してきた。その格好だと、パンツの隙間からお稲荷さんが見えてないか不安になっちゃうな。

「ご主人様、痛くはないですか？」

「大丈夫、ちょっと痛いくらいのほうが気持ちいいよ」

「そうですね。少しだけ我慢していただくと、明日の寝起きがだいぶ違うと思います」

そう言ってグイグイグイグイ太腿のツボを押しつつ、下からゆっくり揉み上げてくる。揉み上げる力は、男性顔負けのパワフルな揉み上げだ。伊達に鬼族ではないな。

「ご主人様、ここからちょっと痛くなりますが、我慢できないようでしたら言ってください」

「痛いの？　お、お手柔らかにお願いします」

「ハイ、では失礼します」

レンはそういうと、内腿の付け根に近いところをグッと揉む。ほとんどお稲荷さんやチ◯チンの先に触れているんだが、それどころではない痛さ。

「グォッ、オオォア～」

「内腿の付け根は、人体でも最も大きな血管が通ると言われています。ここを解すとかなり楽になるのですが、辛いですか？」

「ンんッ、いや大丈夫。続けて、続けて、ウアァッ」

「少し弱くもできますが…」

「へ、平気だし、大丈夫だし…」

「ハイ、承知しました」

「ウォッ、ウゥ〜」

レンの感じだと軽く内腿の付け根を親指で揉み解す感じだが、何げに今日イチ痛い。力を入れている感じもそんなにしないのに、こんなに痛むものなのか。俺の体どっか悪いのかもしれないぞ。思わず腰を浮かせて悶絶していると、次第に痛みがなくなってきた。そうすると、レンの指先が掠めるギリギリゾーンが気になったりするのだけど、気になった頃にはマッサージが左足に移っていた。

※

レンのマッサージはとても気持ちが良いことがわかった。毎晩これが味わえるのは、かなりの贅沢かもしれない。ただ、このマッサージの気持ち良さに耐えきれず、俺は毎回途中で寝落ちしてしまう。本当に疲れているからだろうが、仰向けになってからのもう少し際どいマッサージを体感するのが二ヶ月も先になるとは思ってもいなかった………。

第六話『ダンジョン宝物庫』

レンとパーティーを組んで二ヶ月ほど経っただろうか。俺たちは『ポロ』から少し離れた『シャラン』という町に拠点を移していた。ポロはここいらでは最大の都市ではあるが、なんだかんだ王様の目が気になる。

暗殺すると新たな転生者は呼べないらしいので、俺が暗殺されることはなさそうだが、野垂れ死を期待されていたのに、元気に冒険者をやっていたらどんな嫌がらせが来るかもわからん。なので馬車で三日ほどだが、距離を取ることにしたのだ。

冒険者生活も二ヶ月も経つとかなりレベルが上がり、地道な修練の結果も目に見えて出てくるようになってくる。俺はまだ初級冒険者とはいえ、実際はちょっとした中級冒険者並の実力と言ってもいいだろう。『スティール』によって得たレアスキルのおかげで、中級の中でも上のほうの実力なんじゃないかとも思っている。とはいえ冒険者ギルドのシステムの都合上、登録から三ヶ月は初級からのランクアップはできない。俺たちが中級の仕事を斡旋してもらえるのは、レンが中級ですでに二年以上の実績があるためだ。そんな中、俺は初めてのダンジョン探索の仕事を見つけた。

「テインダンジョンでボスモンスターのコカトリスのトサカ採取ですか…」

「噂ではそこまでハイレベルなダンジョンじゃないし、俺の実力もそこそこのもんだろ？　そろそろダンジョン攻略もありかなぁって思うんだ」

「確かにご主人様は『石化無効』や『毒無効』などのとても珍しい耐性を持ってますから、そこまで無茶な依頼ではないとは思いますけど…」

シャラン近郊は、結構エグいスライムの中級種・上級種が出る。俺はそいつらから『スティール』で、様々な『無効化』のスキルを奪っていた。特種な『呪い』とかにかからなければ、俺が状態異常化することはまずない。それでもレンは心配なようで………。

「前から言ってるパーティーか？」

「ええ、そうです。ダンジョン攻略は中級者では四人以上のパーティーを組んで挑むのが常です。ご主人様の実力は中級でも十分通用しますが、万が一を考慮してあと二人くらいはメンバーを募集すべきだと思います。幸いご主人様と私はシャランでは少し名が通るようになってきましたので、二人くらいすぐに集まると思いますよ」

「う〜ん、でもレンは実質上級冒険者でしょう？　俺だって足手まといにはならなくなってきたんだし、今回は二人だけで行ってみようよ」

「二人だけですか……」

「うん、二人だけ」

「二人だけで……わかりました。では、今回は二人だけで探索にいたしましょう。ですが、無茶だけはなさらないでくださいね」

「うん、わかってる」

最近は、レンもゴリ押しをしてこなくなりつつある。さっきなどは、俺のほうがゴリ押ししきった感じだもの。言うことを聞いて、真面目に修練した結果だろう。レンも俺のことを少し認めるようになったんじゃないかな。

「じゃあ、早速テインダンジョンに出発だ！」

「ハイ、参りましょう」

この時、俺とレンがまさかあんなことになるとは思ってもいなかったんだ。

※

俺たちは今、テインダンジョンの最下層のボス部屋前の大広間に到達している。ここまで特に苦戦らしい苦戦もなく、思っていたより楽な攻略なんじゃなかろうか。

「ダンジョンって言っても、そこまで魔物が強くなるわけじゃないんだね」

「個体の強さはさほど変わりませんね。ただ、群れをなしてくる可能性が高くなります」

「確かに数だけは増えたかな。その分、経験値や魔石はおいしいけど」

「この程度の相手ですと『油断をなさらずに』と言ってもあまり意味がありませんね」

「まあ、俺が毒や麻痺に耐性がなければそうもいかないんだろうけど……」

この階層で強いとされているのは『サンダーボルト』というコボルトと、『ワイルドビックベア』という熊くらいだ。サンダーボルトの麻痺耐性はバッチリだし、ワイルドビックベアは力だけの魔物である。どちらも俺とレンの敵ではない。普通に出てくるアルミラージやサイクロプスなどは、俺でも一撃で倒せるようになっていた。

「コカトリスって強いの？」

「一応このダンジョンのボスですから、弱くはありませんね。石化させるクチバシを持っているので、本来ならば難敵のはずです。ですが、ご主人様は石化の耐性をお持ちですから、苦戦することはなかなか想像できません」

「そうなんだ。なんか残念だね」

「ンフフ、ご主人様は私を身請けしてくれたばかりの頃は、自分からダンジョンに行きたいなんて絶対言わなかったのに」

「ね、人って変わるものだよね。俺もこんなに真面目に修練を続けるなんて思ってなかったもの」

「ハイ、正直私もこれほどまでにご主人様が強くなられるとは思ってもおりませんでした。ですが今なら、ご主人様は本当に勇者様になるべくして召喚されたお方だと確信しています」

「褒めて伸ばす方向性は間違ってないと思うんだけど、正面切って言われるとこそばゆいねぇ」

まあ真面目に修練をしていたのは、夜にマッサージをしてもらうためだったんだけどね。レンのマッサージは本当に気持ちがいいし、ついでに女の子の肌の感触を直に味わえちゃう。強くもなれるし、レンのスベスベの肌に触れられるのはご褒美としてはこれ以上ないでしょ。

俺はそんなことを考えながら、壁に沿うようにブラブラ歩き回っていた。実のところ、口で言うほどの余裕はない。いざボスのコカトリス戦となると、緊張してるし、正直ちょっと日和ってもいる。実際戦うことに変わりはないが、心の準備を整えるためブラブラ歩き回っていたのだ。そんな時、柱の脇に動きそうな石のブロックを発見する。ダンジョンにはよくある、いかにもな感じのギミックだ。

「レン、来てくれ。ここに動きそうなブロックがあるんだ」

「ハイ」

快活な返事とともに駆け寄ると、俺の傍からブロックを覗き込む。顔が近くて、女の子特有の良い匂いがした。レンはちょっとだけ考えてから、答える。

「これは隠し部屋の入口ですね。恐らく宝箱があると思いますが、罠の可能性が非常に高いです。それにしてもこのような所、よく見つけられましたね」

「日頃の行いが良いのか悪いのか。罠だったら『一日一善』な生活に改めるよ」

「それは毎日してください。やっぱり入ってみるんですか？」

「だってコレ、誰も見つけてない感じだよね？」

「そう思います。ですが、隠し部屋では一番恐ろしい魔物の大量発生が起こることもあるので、慎重に行動すべきです」

「開けた瞬間アウトかな？　二人して入った瞬間？」

「中の宝箱にトラップがあるのが一般的ですね。開けた瞬間、部屋から出られなくなるトラップです。私はそれしか見たことがありません」

「じゃあ、とりあえず中入ってみようよ。宝箱は『罠察知』のスキルで確認できるから、そこで判断すればいい」

「ご主人様はそんなスキルまでお持ちなんですか？」

「とりあえず有用そうなのは一通りいただいてる」

「承知しました。では中に入ってみましょう」

レンの了解が取れたところで、俺はブロックをグイッと引っ張った。『ガコン』と大きな音がすると、柱に吸い込まれるように一畳ほど壁がズレる。これぞ隠し部屋の入口！　見るからに怪しい佇まいである。中は薄暗いが、何も見えないってほどではない。恐る恐る入ってみると、思っていたよりはだいぶ広い。学校の教室、一クラス分くらいのスペースは軽くありそうだ。ただ、この中に魔物が数十匹も出るとなると恐ろしいな。剣を振るうにも、まともな間合いが取れない。

「ご主人様、真ん中に宝箱がありますね」

「宝箱、思っていたよりデカくない？　中からミイラが出てきてもおかしくないかも」

「そういうトラップもございますが、南方の砂漠地帯のダンジョンに多いって聞きますね」

「やっぱりあるんだ。レンは物知りだね」

「さすがに見たことはありませんが」

「じゃあ、早速『罠探知』使ってみるね」

俺は心の中で『罠探知』と唱えてみた。キーンと耳鳴りがして、デンジャラスな罠があることを訴えてくる。毒や落とし穴的なギミックではなく、間違いなく魔物が召喚される罠だ。だけど、同時にこの宝箱の中身がレンに最適な武器と防具だってこともわかってしまった。実に悩ましい。

「罠あるね。初めて使うスキルだけど、かなりヤバイって伝わってきたよ。十中八九魔物ラッシュだろうな。ただ宝箱の中も本物のお宝であるのは間違いなさそう」

「いかがしますか？　私としては今回はコカトリスのクエストだけ攻略して、次回以降パーティーメンバーを増やして挑むのが良いと思います」

「このスペースで魔物ラッシュが起こったら、パーティーメンバーが多いほうが大変じゃない？　俺たちが補強するなら魔法使いや僧侶でしょ。このスペースの中じゃ大して役には立たないんじゃないかな？　寧ろ守るほうに手をまわさなきゃいけない」

「確かに一理ありますが…」

「それに、他のメンバーとじゃ宝の配分のときに困る。あの宝箱にはレンが使える『雷神の槌』と『金剛盾』ってのが入ってる。かなりの代物だろうから、分け前として渡すには惜しいよね」

「私は今の装備でも充分ですよ」

「今はそうだろうけど、後々のことを考えて。俺は剣を使うから今後も色々買い換えられるけど、レンの槌はそうもいかないよね？　それに盾は俺だって装備してる。この装備は、どのみち必要なんじゃないか？」

「………そうですね、必要な装備品かもしれません。魔物の大量発生も、通常このダンジョンの魔物かアンデッドが出てくる程度のはずですし、思い切って宝箱を開けてみるのも手かもしれませんね。ですがご主人様、今回ばかりは私が盾となっても無傷というわけに参りません。命に替えてもご主人様のお命はお守りいたしますが、ある程度のダメージは覚悟してください」

「うッ………、そりゃそうだよね………」

実のところレンの加入後、俺はダメージらしいダメージは受けたことがない。魔物から奪ったスキルの実験で、毒攻撃や麻痺攻撃をくらってみたことがある程度だ。一人で戦って、毎回死にかけていた頃の痛々しい記憶が蘇ってくる。とはいえ、ここまできたら引くに引けない。

「…よし！　覚悟は決まった。宝箱を開けよう」

俺は宝箱に手をかける、その間レンは周りの警戒をしていた。鍵はかかっていなかったが、かなり重い上箱だ。上箱を横にズラしきると、ガコンと音を立てて床に落ちる。この時点で罠が発動しないので、中のお宝を取り出すと発動するのだろう。

「ご主人様…」

「うん、この罠は中の宝を取り出すと発動するんだろうね。じゃあ盾と槌を取り出すよ」

「ハイ」

黄金に輝く『雷神の槌』とズッシリとした重量感の『金剛盾』を取り出すと、途端に部屋が赤く明滅する。虹色の魔法陣がいくつも現れて、中から人型の魔物が顕現しようとしていた。

「レン、コイツら見たことない魔物じゃない？」

「そんな、あの魔物はこんな所に現れるはずないのに……」

頭の両サイドから羊角を生やし、妖艶な瞳がギラリと浮かんだ。女性的な体のラインは大なり小なり多種多様で、もれなくお尻の付け根から先端がハート型になった尻尾を生やす。性欲の象徴と言っていい魔物『サキュバス』だ。勿論、俺はここまで一度も戦ったことがない。

同時に現れた数は一〇匹いるかいないかというところだが、完全に四方を囲まれている。俺はお宝を地面に置き、臨戦態勢に移った。レンは一歩早く駆け出し、大金槌を一振り。一瞬で、正面にいた爆乳サキュバスの頭を吹き飛ばしていた。サキュバス相手でもレンならば一撃だ。俺も負けじと、右前方のサキュバスに剣を突き刺す。サクッと小振りな胸を貫いて、そのまま右に剣を振り抜いた。貧乳サキュバスは、瞬く間に光の粒子へと還っていく。次の瞬間、遠い間合いで火魔法の輝きをいくつも確認できた。サキュバスは魔法攻撃がメインなのかもしれない。レンが俺の盾になるため、間合いを戻す。

「ご主人様、左と後ろにもいます！」

左のサキュバスの存在には気がついていたが、後ろのサキュバスには全く気がつかなかった。後ろのヤツは間に合わない。左のサキュバスに的を絞って袈裟斬りに剣を振るい肩口から胸元まで切り裂くが、それでもしぶとく抱きつこうとしてくる。俺は前蹴りで突き放しつつ、すかさず左目を抉るように刺突を突き入れた。トドメとなったのだろう、サキュバスは光の粒子に還っていく。しかし、後ろのヤツにはガッシリ抱きつかれた。背中にムニュリと柔らかな感触を感じた瞬間、電気ショックを受けたような衝撃が走る。体に全く力が入らなくなり、金縛りにでもあったかのようだ。そんな状態にトドメとばかり三つの火球が飛んでくる。

「ドンッドンッドンッ」

サキュバスから放たれた魔法を、レンが間に入り盾で防いでくれた。熱風こそ漏れてくるが、俺にダメージはない。レンはすぐに俺の助けに入ろうとしたのだが、爆発の隙に二体のサキュバスに襲いかかられ足止めされている。俺はなす術なくサキュバスに組み敷かれ、首元から生気を吸われていた。ダメだ、抱きつかれてから手も足も出ない。

そして這い寄るようにもう二体のサキュバスが足元から絡みついてくる。

「男よぉ男ぉ」「脱がせて脱がせてェ」「オチ◯ポ、オチ◯ポぉ」

「クソッ『スティール』」

俺を組み敷いているサキュバスと他二体から『ドレインタッチ』のスキルを奪う。思った通り金縛りが解けた。しかし、魔物の力はかなりのもので、三対一じゃさすがに分が悪い。足元のサキュバスは駄々っ子キックでなんとか吹き飛ばす。俺を組み敷いているサキュバスはコルセットを外して豊満な肉体を露わにしていた。

「男ぉぉ、おとッ…」

次の瞬間、のしかかっていたサキュバスの上半身が弾け飛んで血飛沫と内臓が宙を舞った。勿論レンの一撃だ。

サキュバスはすぐに光の粒子と還っていくが、こんな間近でスプラッターを見るのは初めてだ。背筋が冷える思いだが、とりあえずは助かった。

「ご主人様ッ！」

レンは大金槌を叩きつけて、さっき俺が蹴飛ばした二体のサキュバスも粉砕している。サキュバスは見た目が綺麗な分、エグさは倍増だ。

「助かった。サキュバスのドレインタッチをくらったみたいだ。レンも触れられないように気をつけろ」

「承知しております。ご主人様はお下がりください、残りの三体は私が片づけます」

「頼んだ。その間に回復しちゃうよ」

「お任せください！」

戦場のレンは頼もしいことこのうえない。弾丸のようにサキュバスに向かって走っていく。俺は『ヒール』で体力を回復しつつ、遠めのサキュバスが放とうとしていた炎魔法のスキルを奪って援護した。レンとのレベルが違いすぎて、俺がフォローできることはこんなことぐらいしかない。中級冒険者（見習い）と実質上級冒険者の力の差はこんなにもあるのだ。レンは大金槌を振るってサキュバスの腕を吹き飛ばし、足を吹き飛ばし、胴体を二分してしまう。戦意を喪失して逃げ回るサキュバスの頭を、割れた石榴のように砕く姿は鬼気迫るものがあった。

※

「ご主人様、ご無事ですか？」

「大丈夫。ドレインタッチで金縛りみたいになったけど、途中でスキルを奪ったからそこまでピンチじゃなかったよ」

なんとなくだけど体がポッカポッカする。サキュバスとはいえとんでもない美人にのしかかられるってのは、童貞の俺には相当刺激的だったのかもしれない。

「ですが、数体のサキュバスにのしかかられていました。かなり危険な状態だったと思いますが……」

「三体同時のドレインタッチだったら秒殺されていたかもね。他の二体がそれをしてこなかったから助かったよ」

「サキュバスは男性の生気を吸い尽くす魔物。女性冒険者はすぐに殺しますが、男性とはその過程を楽しむのだそうですよ」

「命と同時に、童貞を喪失するピンチだったわけか」

「ご主人様は、その……いえ、なんでもありません……」

「とりあえず今回のお宝、性能のチェックしようよ。『雷神の槌』と『金剛盾』ねぇ」

「ご主人様、底のほうに大金貨や金貨もございます。ザックリです。大金貨五〇枚以上はあるかもしれませんよ」

「ヤバイ！　大金持ちだ！　この金でしばらく遊んで暮らせる！」

「ご主人様！」

「ウソウソ、ちゃんと装備品なりに使うよ」

「でしたらパーティーメンバーを奴隷で拡充させてもよろしいかと思いますよ。できたら、メルビン様など、よろしいかと……」

「あのおじさんか。レンと同じくらい強いんだっけ？」

「戦闘のタイプが違いますからなんとも言えませんが、メルビン様は間違いなくこの国屈指の武人です。私は護衛や前衛には自信がございますが、メルビン様は戦いにおいて決定的な攻撃力がございます」

「レンの攻撃力より上って想像もつかないけどなぁ。まぁいい、それは帰ってから考えよう。とりあえず大金貨を全て拾っておいてくれ」

「承知しました」

金貨はあくまでオマケである。俺はズッシリと重い槌を手に取りステータスチェックを行った。

「『雷神の槌』は凄いな。『大金槌』の三倍くらいは攻撃力が高い。少し小振りにはなるけど、攻撃に雷属性が付加できるうえに『サンダーウェーブ』って固有スキルも使えるんだと。これは結構な掘り出し物だね」

「もし宜しければ、ご主人様がお使いになりますか？　槌の扱い方もお教えできますよ」

「いや、いいよ。これはレンが使って。俺には重すぎる。振り回すんじゃなくて、振り回されちゃいそうだもの」

「承知いたしました。このような宝具ともいうべき素晴らしいものをご主人様より預からせていただく以上、今まで以上に精進いたしますね」

モノがモノだけに、レンの表情は真剣そのものだ。

「うん、よろしくね。続いて『金剛盾』か。これも凄いね。今の盾の三倍以上の防御力があるし、弱い魔法と物理攻撃なら無効化だって」

「その盾はご主人様がお使いください」

「そうだね。そこそこ重いけど持てないってほど重くはないし、使い勝手も良さそうだからもらっとくよ」

それにしてもなんだかポーッとしているな。鼻血が出そうな感じだ。

「今回の宝箱はとてもいい品でしたね。私もここまで素晴らしい品は初めてです」

「テインダンジョンに、こんなにいいお宝が残っていたりするもんなんだね」

「とても見つかりづらいところにありましたし、最悪に近いトラップでした。それでも、今回の宝は幸運としか言いようがないですね」

「ああ、『ドレインタッチ』なんてスキルも奪えたしね」

「あ、そういえば………、ご主人様念のためステータスチェックをしてください。サキュバスの『淫毒』に当てられていないとも限りません」

「『淫毒』？　性病みたいなものかな？　ちん○んが使い物にならなくなっちゃうとか」

「逆です。性的な衝動を抑えきれなくなる毒だそうです」

「それも困るね。ステータス確認するよ」

俺は自分の状態チェックする。オオゥ？　『淫毒』ってなってるんだけど…。

「どうしよう『淫毒』にかかっちゃってるみたい」

「まさか、ご主人様。何か体に変化はございませんか？」

「そういえばなんかドキドキするような……」

実際鼓動が速くなっているのを感じるし、ムラムラしてる気がする。何より息子が痛いくらい強くテントを張っていた。

「ああ、ご主人様。とてもお辛そうです」

「いや、まだそこまで……ああ、でも、おかしいかも……」

どんどん鼓動が速まるの感じる。下半身はパンパンだし、目眩がしてきた。感情が唐突に盛り上がって、すっごいエッチな気持ちになる。

「ご主人様のスキルで『淫毒』に対応できるものはありませんか？」

「『キュアーリーン《毒素分解》』……ダメっぽい。普通の毒じゃないのか？　あぁッ」

自分の鼻息が熱い。クラクラして、レンをどうしようもなく性的に見てしまう。服を剥いてオッパイを見たい。パンツを脱がしてその中を覗きたい。あの柔らかい肌を抱きしめたい。俺のチ◯コをぶち込みたい。もうどうしようもなくなって、俺は……。

「レン、ごめん。ごめんね」

「ご主人様、こんな醜女で申しわけありません」

俺はレンを押し倒していた。

第七話『脱童貞』

俺はレンに覆いかぶさっていた。どうしようもないくらい、いい匂いがする。昂りが抑えきれなくなり、既に自分の意識と呼べるものはほぼ失われているのだろう。まるで背後霊にでもなった気分だ。俯瞰した意識でありながら、これ以上ないくらい敏感になった身体。意識と肉体が乖離したまま獣となった俺は、レンの太腿にテントを張った股間を必死に擦り付ける。

「ご主人様お辛いのですね。今脱がして差し上げます」

いくら上から襲いかかっても、レンのほうが俺よりずっと力が強い。本当なら簡単に逃げ出すことができるはずだ。だけど彼女は、狂った俺を受け入れてくれている。レンは俺を立たせると、ズボンに手をかけてスッとおろした。パンパンに反り返った息子が顕となる。そして、ひんやりとした手で俺の息子を優しく包んだ。

「アァ…ウッ」

思わず声が漏れてしまう。優しい刺激なのに、今にも漏らしてしまいそうなほど気持ちがよかったからだ。

「ご主人様、痛くはないですか？　ああ、こんなにも熱い」

レンは俺の息子を一瞥すると、恐る恐るゆっくりと握った。少し冷たい指先が、敏感すぎる亀頭に優しく触れる。本来ならば心地いいはずの刺激が、今の俺には強すぎた。

「アァッ！　出る出る！　出るッ」

「えッ？　あッどうぞご主人様、毒素をすべて吐き出してください」

一瞬たりとも辛抱できずに、触られた瞬間に俺は射精《だ》していた。突き抜ける快感の波が収まらずレンの手をとり、握らせたまま何度も腰を振って吐精を続ける。信じられないくらいの量を放っても、息子は収まる気配がしなかった。

「ああ、あうぁあッ」

「ご主人様、こんなに沢山出たのにまだ収まらないのですね。サキュバスの毒とはなんて恐ろしい。私が目一杯お手伝いいたします」

レンはそう言うと、今度は俺の息子をしっかりと握って顔を近づけた。おっかなビックリしながらも、舌を出し先端をチロチロと舐めはじめる。今の俺にはそれがあまりにもまどろっこしくて、レンの頭を掴んで無理やり口の中に押し込んだ。ヌタリと温かい感触を感じたあと、ビックリしたレンの歯が当たり鋭い痛みを感じる。

「ンブッ、ボヒュジンザバア《ご主人様》」

俺はレンの頭を両手で掴み、ガシガシと力任せに前後へ振る。それに合わせて、ガクガクと自分の腰も振るった。すぐにレンの歯の痛みは感じなくなり、『ブヒョブヒョ』と間の抜けた音が響きだす。レンの頬の肉がえぐれているため、そこから空気が抜けていたのだ。普通なら外から歯茎が見える頬を見て萎えそうなものだが、今の俺にはそんなことは関係ない。とにかく射精《だ》すことしか考えられないからだ。両手で頭を掴んだまま、温かい口を使って力任せに喉の奥へと抽送する。喉の奥はさらに狭いが、構わず気道を圧迫させると喉からレンの嗚咽が感じられた。

「ゴフッブフッ、ビフッぅうウェエッ」

自分でもわけのわからない快楽の中、力尽くでレンの頭を振る。背筋を抜けるような電撃的な快感が突き抜けると、暴発するように射精が始まった。頭を固定させて腰を打ちつけるように、絶頂《オーガズム》の波に合わせて喉の奥へと送り込む。

「ゴホッうぇっうっぷ、はぁはぁ」

レンの口から、ボタボタとザーメンがこぼれ落ちる。主人のザーメンを吐き捨てることは、メイドとしてしてはいけないことなのだろうか？　レンが頑張って口に残ったものを『ゴクリ』と音を立てて嚥下していた。

「ウグゥウゥ………ご主人様ぁ………あぁッまだこんなに硬ぃ…」

マスターベーションでは味わえない信じられないような快感を二回放っても、サキュバスの毒は一向に消える気配がなかった。いまだ息子は反り返り、パンパンの亀頭がテカテカと光っている。性欲はどんどん高まって、どうしようもなく止められない。

俺は再びレンを押し倒しメイド服のスカートを捲ると、下着をまさぐった。腰元にある下着の紐を捉えてグイグイと引っ張って下ろそうとするが、うまくいかない。レンが自ら腰を浮かせ、脱がせるのを手伝ってはじめて下着を下ろすことができた。

「ご主人様、焦《あせ》らないでください。すぐに服も脱ぎますから」

レンがメイド服を脱ごうとするが、俺は構わず挿入しようと試みる。しかし上手く挿れることができず、グイグイ腰を押し付けているだけで空回りをしていた。童貞丸出しだ。

俺が手間取っている間にいつの間にかレンはメイド服を脱ぎ去り、身体を斜めに構える。斜に構えることで、焼けた半身を見せまいとしているのだろう。そんないじらしいレンを無視して、俺の肉体はただただ欲望のままに動く。斜めに構えたレンが片足を上げてくれているため、ピンク色のクレヴァスが丸見えになり、童貞でも挿入できそうだ。初めて生で見る女性器だが、ムッツリ眺めるほど心のゆとりはない。兎にも角にも挿入したくてどうしようもないからだ。俺は息子を膣口に擦り付け、今度はしっかり位置を確かめてからグイッと押し込む。テカテカの亀頭まではすんなり入ったが、すぐに膣内《なか》の壁にぶつかった。恐らく処女膜だろう。俺はお構いなしに膣内の壁を食い破るように突き刺し、無理矢理奥へと差し込む。プツンっと何かが弾ける感覚が直に伝わってきた。恐らくレンの処女膜を破ったのだ。

「あぁッご、ごしゅじんさまぁ……ああァッ……んんッ」

凄い締め付けだ。気持ちいいよりも濡れていない膣内で擦れることで、ゴリゴリと痛く感じる。だが今は、そんなことを気にしていられない。とにかく出したい、いっぱい、いっぱい中に出したいのだ。レンの片足を抱え込み、片足を跨ぐようにまぐわう。この体勢だとしっかりと奥まで届くみたいだ。膜とは違う膣内の奥壁にまで届き、コツンとした刺激を感じられた。柔らかな脚の感触を抱え込むように腰を振っていると、膣内がだんだんと潤ってくる。破瓜によって流れる血と僅かな愛蜜が混ざり、潤滑油となりつつあるのだろう。最初に感じたゴリゴリとした痛みは、キツキツの肉襞が絡まる凄まじく気持ちのいい感触へと変わっていた。

「レンッレンッレンッ！」

「あぅッ……あッあッあッ、あぁ……」

俺はレンの名前を連呼し、レンは痛みに耐えながら声にもならない声を漏らす。その漏れる声と吐息を聞いた途端、凄まじい快楽が一気に昂り、射精の波が急激に押し寄せた。止まらない快楽の波に一切抗《あらが》いもせず、レンの膣内で無遠慮に脈動し射精を開始する。俺は絶頂《オーガズム》の波にあわせて、レンの細い脚を引きつけ、ガクガクと無様に腰を打ちつけていた。信じられないような快楽。女性の膣内がこれほどまで気持ちいいのか、レンが特別気持ちいいのかは、ついさっきまで童貞の俺が知るはずもない。性的にたがの外れた俺には、ただただ人生最高の熱い快感だった。

「あぁ……、ご主人様の熱いのが出ています。私の中に…いっぱい……」

自分でも信じられないくらいの量をレンの膣内に解き放ったばかりなのに、俺の息子は全く収まる気配もない。レンの中で瞬く間に硬度を取り戻し、次の射精はまだかまだかといきり勃つ。

「あぁ……レン、あぁ……まだぁ……ああ」

「ハイ、ご主人様。どうぞどうぞ、私を使ってください。サキュバスの毒を残していたら、お身体にさわりますからね………あぁッ」

俺はレンの身体をコロリと転ばし、正面を向かせた。レンが少し怯えたような表情を見せる。焼け爛れた左半身を少しでも見せないように体を反らそうとするが、俺は逃さない。覆いかぶさるようにレンを抱きしめると、白く艶かしい肩口の肌にむしゃぶりつき、無我夢中で腰を振るって抽送を始める。レンの肌の香りと俺の唾液の匂いが混ざって、むせるような淫蕩な匂いが鼻腔にへばりついた。息子から感じる快感は、先ほど膣内に放ったザーメンのおかげでよりスムーズでネットリとした快感となっている。レンの膣内の感触が気持ち良すぎて、俺は思わず顎を上げて天を仰いだ。その瞬間、俺の目に飛び込んできた白い乳房に目を奪われる。片方しかない大きな乳房の先端は、淡いピンク色でハッキリと硬く尖っていた。

オッパイだ、レンのオッパイだ。身体を拭く時に覗き見ていた、あの美しいレンのオッパイが目の前にあるのだ。

片方しかないが信じられないくらい美しい。その美しい球体の先端を、俺は貪るように口に頬張る。夢中でコリコリとした先端を舌で舐り、たわわで柔らかな感触を頬に感じていた。頬から感じる柔らかさに、俺は思わず『ガブリ』と乳房に歯を立てる。そしていつの間にか俺は、レンの乳房を食いちぎろうと顎に力を込めていた。

「あいッ、ご主人様ッ痛いです。オッパイは一つしか残っていないの！　お願い、噛まないで、食べないでぇッ………」

レンが痛みで背を反り、逃げるように体を捻る。その瞬間、レンの膣内がギュッと息子を締め付け、肉壁が生き物のように蠢った。あまりの快感に俺は乳房から口を離すと、堪らずレンの膣内に解き放つ。そのまま射精の波に合わせ、叩きつけるように何度も何度も腰を打ちつけた。絶頂の波が収まると、レンの身体を力一杯抱きしめる。ああ、この身体は締め付ける膣内も、柔らかな肌も、なんて気持ちがいいんだろう。

「ハァハァ、ご主人さまぁ。ご主人様のが私の中にいっぱい入ってきてますよ。あぁ、なんでしょう？　とっても変な気持ちです………」

オーガズムが落ち着いたところで、俺は一度レンの中から息子を抜き出す。すぐにレンの脚を広げ、先ほどまで息子の入っていた膣口を覗き込んだ。ドロリと白いザーメンが溢れ出す。途中で破瓜による赤い血の塊が流れ出すと、以降膣口から流れ出るものはピンク色をしていた。いまだにサキュバスの毒が効いている

ためか、痛々しいとか無理矢理して可哀想という思いは起こらないようだ。かわりに、ピンク色のクレヴァスから流れ出るザーメンに興奮していた。そこから俺はレンの身体を転ばせ、俯《うつぶ》せにする。

「あぁ……ご主人様、まだ収まらないのですね。どうぞ、後ろからしていいですよ」

背中には焼け爛れた跡が全くないので、白く艶やかな肌が美しい曲線を描いている。特に括れた腰のラインが信じられないほど綺麗だ。ムッチリと肉の詰まった小尻には、天使の羽のようなエクボが浮かんでいる。俺はその美尻を鷲掴みにし、グニャリと形を崩して感触を確かめた。思っていたよりも肉が詰まっていて、パンパンだ。オッパイほどの柔らかさはないが、その流線形はウットリとするほど美しい。双丘の間から見え隠れする薄ピンクのアヌスが、妙に性的な興奮を昂らせた。

レンの腰を持ち上げ四つん這いにさせた後、俺は膣口に息子を当てがいグイッと腰を押し付ける。ヌルンという脳髄まで蕩けそうな感触とともに、息子がレンの最深部まで到達していた。

「あぁッ、ご主人様ッ。私のような醜女でも気持ちいいですか？　んッあぁ、サキュバスの毒が収まるまで好きにしていいんですからね？」

レンが気持ちがいいのか聞いているが、気持ちがいいに決まっている。ハッキリ言って最高だ。俺のザーメンによってレンの膣内はドロドロにもかかわらず、最高に締め付ける。肉襞の感触も信じられないくらい絡みついて、抽送の度に射精してしまいそうだ。俺はレンの小尻を鷲掴みにしたまま、夢中で何度も腰を振る。

気持ちいい、気持ちいい、気持ちいい、気持ちいい。脳内が快感で埋め尽くされていく。見え隠れするアヌスと、ペチュペチュと尻に腰がぶつかる音がなんとも卑猥だった。

「んッんッんッ、あぁぁ、ごッしゅッじんッ様ぁ。あぅあッあッ」

レンの堪えるような声も、少しだけ甘い声色に感じて、さらに俺は昂っていく。尻を鷲掴みにしていた手を、括れた腰に持ち替えさらに強く引きつけ腰を打ちつけた。ビクンビクンとレンの背中が反って、フワリと背中まである亜麻色の髪が揺れた。高まる興奮でいつ弾けてもおかしくない絶頂の波が、すぐそこまで迫ってきている。

「んッんッんッ、ご主人様またスゴイ硬い。あッあッんんッ激しい、激しい……んッ」

「レンッレンッレンッ……あぁッ」

キュウキュウに締め付けるレンの膣内が畝るように絡みつくと、急激に高まる絶頂《オーガズム》の波に飲み込まれる。

俺は腰を引いてタメを作ると、射精とともに一気にレンの奥まで突き入れた。

『ビュルッビュルビュルビュルッ』

もう何度目なのかもわからない射精。だが、その気持ちのよさは全く変わらない。むしろレンの膣内が俺のに馴染んで、初めて中に出した時よりも快感が増している気がする。オーガズムの波が収まるまでビクビクと腰を押し付けていると、レンの肉襞が俺の息子を搾るように蠢いていて、一滴残らずザーメンを求められているようにすら感じられた。

「ご主人様ぁ、あぁまだとっても硬い。大丈夫ですよ、レンは大丈夫ですからね………」

立て続けに何度も何度も出したが、いまだに息子は収まらない。俺は再び息子を抜いて、レンのクレヴァスを確かめてみる。もう流れ出すザーメンに破瓜の痛々しさはないが、ピッタリとしたヒダヒダが貝合わせのように閉じていて可愛らしい姿形だ。俺がヒダヒダを無理矢理指で拡げると、さらにドロリとザーメンが流れ出し、薄ピンクの膣口がピクピクと蠢く。小さなクリ○リスも、よく見ると勃起しているようだ。そのわずかな突起を指で無造作に撫でてみる。

「ヒゥッ、ご主人様。わ、私は大丈夫ですから、お好きなようにしてくださいッ！　あッあぅ～」

クリ○リスを弄る度に、ビクンビクンとレンの身体が反応する。そしてヒクヒクと蠢くアナルのシワが、俺のことを誘っているかのようだ。俺はレンのクレヴァスに息子をあてがい、ゆっくりとその感触を楽しむように沈めていく。温かく包まれる感覚が、自分が男であることを自覚させてくれた。そして衰えることのない激情は、未だに止まることを知らなかった。

第八話『ガーターは男のロマン』

レンの尻を掴み只管《ひたすら》に腰を振り続けているが、俺はとうとう体力と気力の限界を迎えた。十数回の射精により、前立腺が引っ張られるような感覚になり、サキュバスの毒で睾丸がフル回転しているため、尻の穴までキュキュッとするような痛みになっている。レンも俺も全身汗とザーメン塗れで凄まじい臭いを放ち、お互いに息も絶え絶えだ。出すモノもなくなり、だいぶ前からザーメンに血が混じるようになっているし、息子自体も擦り過ぎでヒリヒリと痛い。頭痛も酷く、首元から脳天まで引っ張られるような激痛までしていた。それでも俺の体は止まれない。俯瞰した俺は、本当に死んでしまうかもしれないと感じていた。

「アアァッアアッァアッァアッンンッァアッご主人様ぁ………レンはもうダメなのぉ、アァアアァ死んじゃう死んじゃうぅ～アアァッ」

レンはもしかしたら段々と感じることのできる身体になっているのかもしれないが、それでも流石にもう限界だろう。キュウキュウに締め付けていたレンの膣内《なか》は、今となっては見る影もない。息子に絡みついていて絞り出すように蠢いた肉襞は力がなくなり、俺が抽送して精を放つだけの肉便器と化していた。

もちろん俺も限界である。この後何回放ったかは覚えていないが、いつの間にか俺は意識を失っていた。

※

「ご気分はいかがですか？　ご主人様」

頬に柔らかな感触を感じながら、優しく癒される声で目覚める。膝枕とはものすごく疲れた寝起きとしては、最高のものじゃないかな。ヒンヤリとした手のひらが、俺のおでこを優しく撫でていた。

「おはよう、レン。俺、どれくらい寝てた？」

「わかりません。私も意識を失ってましたから」

「そうか……」

レンはいつのまにかメイド服に着替えていて、俺も服を着せられていた。まだ息子がジンジンしているが、あの想像を絶する頭痛はもうしない。どうやったかはわからないが、身体中についたありとあらゆる汁も拭い去られている。

「色々ごめんね。今回ばかりは本当に申しわけない」

「何をおっしゃいます。私は女として求められることは、一生ないと思っていました。ご主人様にとっては不本意かもしれませんが、女としてお役に立てたことはとても誇らしいんですよ」

「いや、でもさ……人としては最低なことしたと思うし……」

「サキュバスの毒がしたことですから、気にしないでください。本当に…」

「うん、ありがとう」

少し名残惜しいが、レンの膝枕からゆっくりと離れた。膝枕してもらった状況から『ごめんなさい』もないよな。俺はレンと正面から向き直り、改めて詫びを入れる。

「ごめんね、レン。助けてくれてありがとう」

「ご主人様、もったいないお言葉です。私のほうこそ、身請けしていただきありがとうございます。ご主人様に拾っていただいたことは、私にとってとっても大きな幸運だと思います」

ニッコリとレンが微笑んだ。セックスした相手だからだろうか、なんだか凄く可愛らしく感じる。最初の頃はちょっと怖かった顔も、毎日一緒にいるから慣れてきたのかもしれない。

「なんだかちょっと照れくさいね。そろそろ行こう、まだコカトリスのトサカを手に入れていないし」

「ふふふ、そうでしたね。本来の目的である、ダンジョン攻略しちゃいましょうか」

「うん」

俺はそう返事をして立ち上がろうとした瞬間、股間に違和感を覚えた。まさか、あんなにセックスしてまだ勃ってる⁉　思わず腰を引いて中腰になってしまった。

「ご主人様？　いかがなされました？　……まさか、まだサキュバスの毒が……」

「いや、そうじゃない。あの時と違って今はちゃんと意識がしっかりしてるんだ。今は体が勝手に反応してて……」

「ですが、立ち上がれないほどなのでしょう？　無理をなさらず、私を使ってください」

「えっ、いやいやいや、まずいよ、いかんよ、いけないよ。多分『朝立ち』だから、時間が経てば収まると思うし……」

「アサダチ？　収まるのですか？　でもご主人様、これはサキュバスの毒が残っている可能性もありますよね？　万が一戦闘の最中にそうなってしまったら、今度こそ命に関わります。それに、先ほどは『あんなにたくさん』なされたのですから、もう何回なされても変わらないと思いますけど……」

「でもほら、今はちゃんと意識もあるし……。その、今度はちゃんとレンのことをエッチな目で見てしまうというか、なんというか」

「ご主人様が私のような醜女を意識する必要はありません。毒の吐け口と考えていただければ、仕える者として幸いなのですから……」

　レンはそう言うと、中腰の俺を上手に押し倒して、ズボンに手をかける。慣れた手つきで、あっという間にズボンとパンツを引き剥がしてしまった。ビーンと反り返る息子が、少しヒリヒリする。

「あぁやっぱり、こんなにカチカチじゃないですか！　ご主人様、無理をされてはいけませんよ」

「硬くはなっているけど、多分さっきのでチ○チンがヒリヒリして痛いんだよ。レンとエッチなことなんて無理なんじゃないかな？」

「まぁ、それはいけません。治してしまいましょう。雷の精霊よ、癒しの力をお貸しください『サンダーヒール』」

レンが雷の癒し魔法を発動させる。小さな黄色の光が竜巻のように俺の息子を包み、癒しの効果を発動させてた。なんともシュールな光景であるが、雁首に感じていたヒリヒリとした痛みはあっという間になくなっている。

「なんか魔法の無駄遣いっぽくない？　とりあえず痛みはなくなったけど……」

「それはよかったです。それでは、まず手でいたしますね」

「いたさなくていいです」

「ご主人様、ここまできて遠慮してはいけませんよ」

レンは俺のほうは見向きもせず、カチカチになった息子のほうばかりに集中している。いつの間にか俺のチ○チンに愛着を持ってしまったのか？

それともエッチな女の子として開眼しちゃったのだろうか。どうにもこうにもエッチなことをしないで収まる雰囲気ではない。逃げることを諦めた俺は、レンの手を受け入れることにした。ひんやりとした手の平が息子を優しく包む。細く繊細そうな指だが、普段は大金槌を振り回す指先だ。冷静に息子で感触を確かめると、硬くなったタコが指の所々に感じられる。その手でシコシコされてみると、タコの部分が雁首に擦れて非常に良い。拙い手つきをモノともしない気持ちよさだった。

「レン駄目だよぉ、そんなのよくない…」

「ご主人様、良くないのですか？　どうしましょう、この出っ張ったところをゴシゴシすれば、さっきはピュピュッて出たのですけど……。わかりました、きっとヌルヌルしてないからですね。次はお口でご奉仕いたします」

トントン拍子でことが進み過ぎて、怖いんだが。

　レンは俺の左脇につくと、パクッと一息で頬張ってしまう。舌先で舐ったり上目遣いしたりする。前戯の発想自体がないのかもしれない。技術的には拙いんだろうけど、レンの凄いバキューム力で俺の息子は扱かれる。手の時とは全然趣の違う気持ちの良さだ。

「レン、あぁッ気持ちいい、気持ちいいよ」

「ごひゅひん《ご主人様》はまぁ、ぶちゅちゅぅ…っぽぁ、気持ちいいんですね。レンは全力でご奉仕いたします。アァム、ぶちゅッぶちゅッ」

　左頬の肉がないので、ブチュブチュと間の抜けた音が響く。口の中に空気が入ってきて、それはそれで気持ちがいいのだが、これが両頬問題なく揃っていれば、どれほど気持ちいいのだろうか。そう思わずにはいられないほど、レンは誠心誠意俺の息子をしゃぶっている。レンのご奉仕はとても感動的なのだが、どうやら今の俺はレンの口ではすぐにはイケそうもないらしい。童貞を卒業したからだろうか、レンの奉仕を楽しむ余裕があるのだ。そうなると絶頂《オーガズム》に達するまで、手持ち無沙汰に感じてしまう。俺は思い切ってレンに一つのお願いをしてみることにした。

「レン、お願いがあるんだ。その……服を脱いで見せてくれないか？　レンの裸を、あそこを見てみたいんだ」

　レンのご奉仕が突然止まる。口に含んだまま舌先で亀頭をチロチロして、悩んでいるような表情を見せていた。だけど、すぐに意を決したようである。俺の息子から手と口を離すと、こちらに振り返って口を開いた。

「私の身体でよろしいのですか？　この身体は戦士としては誇りに思っておりますが、女としては悍《おぞま》しいモノだと思います」

「俺の瞼に残っているレンの裸は、とても綺麗なモノだよ。でもさっきの俺は、意識らしい意識もなかった。初めてエッチをした女の子の身体を、あやふやじゃなくしっかりと覚えておきたいんだよ。ダメかな？」

「………ご主人様、私はご主人様のメイドです。ご主人様が望まれることであれば、なんでもしたいと思っているんですから。………わかりました、脱ぎますね。とっても恥ずかしいですけど、ご主人様が見たいというなら我慢できます」

「うん、レンの全部を見せて」

「ハイ………」

返事の後、少しだけ迷っているような間があったが、レンは俺のすぐ隣でメイド服を脱ぎだした。見上げる俺を尻目に、レンはとても手際よく淡々と服を脱いでいく。エプロンドレスがシュルリと落ちると、白い肌と赤黒い肌が目に入ってきた。俯いて、顔を真っ赤にしているところが可愛らしい。レンは手を止めず、下着に手をかけ手早く脱いでいった。そのままガーターに手をかけようとしたので、俺は慌てて手をあげる。

「それは着たままのほうがいいかも」

ピタリとレンの手が止まると、ちょっとだけ口元が緩んだような気がした。

「承知しました。ご主人様はガーターを着けたままがお好みなのですね？」

「うん。それはほとんどの男にとって、ロマンだと思うんだ」

「ふふ、ロマンですか。承知しました。そうすると、もう脱ぐものはございませんね。後はご主人様に見ていただくだけなんですけど………」

ちょっとだけ頭のカチューシャを外そうか迷ったみたいだけど、外さないほうが俺が喜ぶと判断したみたいだ。もちろん外さないほうがいいんだけど、正直今の俺にはどうでもいい。目の前にレンの股間があるからだ。正面からだとよく見えないが、目の前に女性器があるという状況にものすごく興奮している。レンから非難の視線を感じなくもないが、今は欲望のまま見たいものを見るだけだ。

間近で見てみると、黒いと思っていた茂みは亜麻色をしている。手入れをしたような形跡はないのに、綺麗に生え揃っているんだな。レンの茂みは少し薄めみたいで、白い肌が透けて見えた。下のほうに見えるのは、一筋の縦筋が縦筋でタテスジだ。俺はさらに目を皿のようにし、鼻先にレンの体温が感じられるほど近づく。

「ご主人様、さすがに恥ずかしいです。そんなに近づかないとダメですか？」

「ダメ」

「あぅ～、もうレンは困ります」

「脚、開いたりできる？」
・・・・・
「できません！」

「え～、でも前からだとよく見えない。そうだ、しゃがんでみて」
・・・・
「イヤです！　恥ずかしすぎます。ほら、ご主人様のオチ○チンがとてもパンパンになってますよ。すぐ毒抜きが必要だと思うのですが」

「レンは俺のオチ○チンが気になって仕方がなかったの？」

「うぅ～……否定はいたしませんが、あくまでも毒抜きのためですからね」

なんかお互いにぶっちゃけてきたかな？　かなりの下ネタトークのはずなのに、照れとか遠慮がない気がする。

「ふ～ん、じゃあさ、お尻をこっちに向けて跨がってよ。そうすれば俺は見たいものが見れるし、レンは俺のオチ○チンをしゃぶれるよ」

所謂シックスナインってヤツだ。脱童貞したことで、我ながら大胆になっている気がする。

「ふぇッ、そんなことといけません！　恥ずかしいよりも、ご主人様に跨るなんて不敬です」

「でも、さっきエッチした時に、レンは俺の上に乗ったりもしてたと思うんだけど」

「でもでも、いけないと思います……」

「でもさ、俺のがパンパンになったのは、きっとレンのせいだと思うんだ。レンが可愛くて、いい匂いで、エッチだからこんなになっちゃったんだよ。責任とっておしゃぶりして。ついでにお尻を見せて」

「可愛くありませんから！　ご奉仕はします、でも跨るのは……」

このままでは何も進展しそうもないので、俺はレンを無視して仰向けに寝転がる。

脇についたとしても、左半身にコンプレックスがあるレンは、お尻をこちらに向けない限りフェラはできないはずだ。

「もう我慢できないなぁ。さあレン、舐め舐めしてよぉ～」

自分でも信じられないくらい、子供っぽくわがままを言ってみる。今のレンなら通用しそうな気がするのだ。

「うぅ～、ご主人様ずるいですよぉ～。しますよ、しますけどぉ、あんまり見ないでくださいね」

勝った！　これでレンの縦筋の中身を間近で拝むことができるうえに、フェ○ーリまでしてもらえちゃう。

「じゃあ、お願いしま～す」

「…………うぅ～」

レンは片手で息子の根元を押さえると、ゆっくりと脚を開いて俺の頭を跨ぐ。キタ！　ご開帳だ。ちょうどいい距離にクレヴァスの中心が来ている。ピタリと閉じた貝合わせは、少しだけぷっくりとしていて、黒ズミは一切ない。現代にいた頃ネット画像で見た女性器は、もっと黒々としていてエグい印象だったが、レンのはとてもすっきりとして綺麗だ。前のほうは茂みはやはり少なめで、ちょっと顔をあげれば鼻先が届きそう。そこからわずかに香る生々しい香りに、俺は背筋をゾクリとさせられていた。

そんな俺の観察を尻目に、レンはマッタリとフェ○ーリを開始している。先ほどまでのパワフルなバキュームではなく、ネットリとまとわりつくようなフェ○だ。舌先で転ばしたり、リズムを変えたり、レンなりに研究しているのかもしれない。俺も気持ちいいし、なんとなく楽しそうにしている気がする。

「レン、気持ちいいよ。色んな感じがして、凄くいい」

「ぶちゅっちゅ、ンフ。よかったです、もっと色々してみますね」

「うん…………。ところで、ココ触ってみてもいい？」

俺は指先でチョンチョンと貝合わせの部分を突っついてみる。

「…………う～もう、好きにしてください」

やったぞ、言質をとった。では早速、ピッタリとくっついた貝合わせを開いてみよう。プックリと膨れた部分を両手の親指で優しく撫でると、ビクリと小尻が震える。その小尻を鷲掴みにしながら貝合わせを押し広げると、中心にある小さな花弁が花開いた。桜色・サーモンピンク色々呼び方はあるだろうが、初めて見る女性器は神秘的な薄ピンク色をしている。前のほうにうっすら茂る茂みと膣口の薄ピンク色とのコントラストが、なんともアンビバレンツで淫靡だ。

夢中になってグニグニと花弁のヒダを弄っていると、レンの腰が大きくうねる。俺の悪戯に小さな抗議をしているのだろうが、そんなことは知ったこっちゃぁない。何しろ膣口からエッチな愛蜜《まなみ》が溢れているのだ。入口の部分はネバネバで透明な糸を引いていて、俺の親指までベタベタになっている。パックリと花弁を閉じたり開いたりする度に、愛蜜が溢れていやらしい糸をひいていた。そして、お尻の穴のシワが生き物のようにヒクヒクと蠢くと、なんと言っていいのかよくわからないほど興奮するのだ。

レンは間違いなく感じている。もっと感じさせるためには、より直接的な刺激を与えなくてはならないのだろう。前の世界での知識を思い返し、まず前のほうにある小さな陰核に触れてみることにした。花弁を開いたまま、右手の親指の腹を前のほうに移動させると、小さな突起を確認できる。そこを掠めるように優しく撫でると、レンの腰はイヤイヤするように左右に大きく揺れた。

「ンンッ……ぶちゅぶちゅぶちゅぶちゅぶちゅ～ッぶちゅッはぁ、ンンッご主人様ぁそんなところいじらないでぇ、私を悦ばす必要なんてないのぉ。ご主人様はご自分が気持ち良くなることだけに集中してくだッあぁダメェそこ触っちゃだめぇ～」

レンに禁止されても、楽しくなってしまった俺は止まれるはずがない。より本格的に、硬くなった陰核を弄り始める。触れる度に腰がうねり、ビクンビクンと弾けるのが堪らなく楽しい。

「レンのここ、すごいヌルヌルだ。とってもエッチなことになっているよ」

「ンンッぶちゅっぱぁっ言わないで、そんなこと言わないでぇ…アイッ…あぁん」

「スゴイ、いっぱい溢れてくる。もう俺の指がベタベタだ」

「もう！　ご主人様は、気持ち良くなってくれるだけいいんですから！」

レンがそういうと、ギュッと力強く息子の付け根を握った。同時に咥えるバキュームの圧が強くなり、急激に刺激が強くなる。本気でイカせようとしているんだな。だが、これくらいならまだギリギリ耐えられる。

折角ここまできたのなら、もう一歩二歩踏み込みたい。

俺は花弁を開くと、フゥっと大きく息を吐く。その圧だけでもレンはビクリと感じてしまったようだが、ここからが本番だ。まずは鼻先を花弁に近づけて、クンクンと匂いを嗅ぐ。いつもレンから感じるようない香りではなく、生々しく酸っぱいような匂い。あの清廉潔白なレンから、こんなにイヤらしい匂いがするってことに堪らなく興奮した。

「レンのここからすっごくエッチな匂いがするよ」

「ンッンン」

レンは俺のを咥えたまま、激しい抗議をしてきた。雁首の辺りを口を窄めて徹底的に扱き、一気に達せさせてしまおうとスパートをかけてきたのだ。俺も負けじと、レンの陰核を親指の腹でコリコリと転がす。

「あぁスゴイよレン。すごく気持ちイイ」

「ぶちゅっぶちゅっぶちゅっちゅっぶちゅッぶちゅぶちゅ、ぶちゅっちゅっぶちゅっぶちゅ」

レンの勢いが止まらない。俺も負けじとレンの陰核に舌を伸ばし、ペロリと舐った。

「ンッンン!?　っぱぁえっあぁ、ご主人様それは本当にいけません。私はメイドで奴隷なんです。主人《あるじ》が隷属した者のそんなところを舐めるなんて、聞いたことがございません」

「イヤだ、舐めたい。もう我慢できないんだよ。命令してでも言うこと聞いてもらうからね」

「うぅ〜」

命令するのは卑怯すぎたかな？　だけど、昂った思いは止まらない。クパッと開いた膣口に俺は唇を近づけると、鼻先が陰核の先を掠めてしまった。

「ヒャウ」

なんて可愛い反応だろう。しなやかな肢体がビクッと弾けて、お尻の穴をヒクヒクさせている。すかさず俺はカプリと小さな膣口にむしゃぶりついた。

「ああ、ご主人様ぁ………あぅあッもぉ〜〜〜」

レンのあそこはベッタリと粘っこく、ハッキリと塩味《えんみ》を感じられた。血を舐めた時の味に似ていなくもないかな。入口の部分を舌で舐っていると、後から後から愛蜜が溢れてくる。まるで俺に『飲め飲め』と言っているかのようだ。レンも舐められることに慣れたのか、嫌がるというよりも少し押し付けてきている。だから口が塞がった状態のうえに、お尻の肉圧も感じるので少し呼吸が苦しい。俺は息継ぎをするように、一旦距離をとった。

「レンのエッチなお汁が、いっぱい溢れてくるね」

「ンンッ!　ン〜〜つぶちゅっぷちゅぶちゅッちゅっぶちゅっ」

「あぁッそんなに激しくしたら出ちゃうよ、もうちょっと優しくッおぉッ」

レンのスパートが最終段階に入ってきて、スゴイ勢いと速さになっている。ここまでなんとか耐えてきたが、そろそろ息子も我慢の限界に近い。

折角シックスナインの格好なので、このままイクまでの間こっちからも目一杯責めてみよう。俺はレンの一番敏感な突起部分に舌を這わすと、膜のように覆っている包皮を剥いた。その瞬間、今日一番の激しい反応が返ってくる。

「ンンッンン〜〜ッ！」

レンは頭をイヤイヤと振りながらも、息子を咥え込んだまま離さない。激しく抵抗するレンの小股に頭を挟まれながらも、俺の舌先は丁寧にミートポイントを捉え続ける。イ◯リー◯田先生のような神業は使えないが、下手は下手なりに一生懸命するのみだ。俺の反撃を受けて僅かに手も口も止まる瞬間はあったのだが、レンは俺の昂りをしっかりと捉えて逃さない。このビッグウェーブは堪えようもなく、そもそも俺に堪え切ろうという意思もない。自然と息は荒くなり、すでにクンニリングスを続けることが難しくなっていた。両足がピーンと伸び、既に自分がイクことしか考えられない。レンもそれを察したのか、徹底した雁首責めで絶頂《オーガズム》の波を捉えている。

「ぶちゅっぶちゅぶちゅッちゅっぷちゅっぶちゅッぶちゅッぶちゅっちゅっぶちゅっぶちゅぶちゅぶちゅっちゅっぶちゅッ」

「あぁッ、レン！　レンッ！　イクよ、イっちゃうよ、あぁッ」

背筋から丹田を抜け、込み上がる熱い魂。お尻の筋肉が収縮して、温かく包み込まれる息子の先端から魂の暴発が始まる。

『ビュクッ！』

盛大に弾ける魂の咆哮。続けざまに、止めようのない快感の暴発が起こった。

『ビュルビュルビュクッビュルビュルビュクッビュルビュル』

その暴発する勢いに、レンは手も口もゆっくりと促すような優しい動きに変わる。だが今の俺には、その優しさがまどろっこしく感じて堪らない。

「レン！　止めないで！　そのまま激しく強くッ！　あぁッそう、もっとあぁッ」

リクエスト通り強く激しいフェ○ーリで、レンの唇が俺の息子を絞りあげる。大量に放たれたザーメンは穴の開いた左頬から僅かに漏れ出てはいるものの、そのほとんどを嚥下していく。俺のザーメンを飲み込むレンの姿に、鳥肌が立つような背徳的な興奮を感じていた。ゆっくりと絶頂《オーガズム》のピークが過ぎ、吐精の勢いに合わせてレンの扱きが緩やかになっていく。一滴残らず絞り出そうという献身的な動きは、出すものがなくなった敏感な息子にはあまりにも刺激的過ぎた。

「ハァ、スゴイよレン。すっごく気持ちよかった。もう出し尽くしたから止めて、気持ち良過ぎてどうにかなっちゃいそうだ」

「ぶっちゅっちゅっちゅっちゅっぶっちゅっごきゅごきゅっパァッ〜ご主人様、そんなに気持ちよかったですか？」

「そりゃもう、とんでもなく」

「まぁまぁ、それは恥ずかしい思いをして頑張った甲斐がありましたね。ですがご主人様、まだとってもカチカチですけど……」

「今はイッたばかりで敏感すぎるから、触んないで」

「そうなんですか？　ご主人様の、ビクビクして硬くて可愛いらしいです」

「可愛いとか言われると凹むんだけど……」

「いえ、大きさはとっても大きいと思うんです。でもこうやって『フゥ～』って息を吹きかけるとビクって
なって、まるで生きているみたいで可愛いんです」

「人のチ○チンで遊ばないでよ」

「ご主人様だって、私ので遊んでましたけど？」

「うん、今も丸見えだ」

「う～、見ないでください」

レンは腰をくねらせて、なるべく俺から見られないように小さな抵抗を見せる。本来なら手で隠したりするのだろうが、片手しかないレンがそれをやると、前につんのめってしまうからできない。なので、ささやかで可愛らしい抵抗しかできないのだ。両膝を俺の脇に抱え込まれたシックスナインの格好では、どんなに頑張っても丸見えなものは丸見えなのである。

「レンて濡れやすいのかな？」

「あぅ～……知りませんよぉ～」

「ちょっと引くくらいエッチなお汁が出てきて、今もテカテカしてるんだけど」

「ご主人様のだって、亀頭のあたりはピンク色でテカテカしているんですからね」

「……確かに自分のをあーだこーだ言われると恥ずかしいね。でもさ、レンのお尻というか、ここからの

眺めはとっても刺激的で最高の眺めだ。すっごいエロい」

俺はお尻を鷲掴みにして、グイッと両方に開きながら感想を溢してみる。レンはこれ以上の抵抗は無駄だと感じたのだろう、されるがままになっていた。たまにヒクヒク動くお尻の穴が堪らなく可愛いな。

「……ご主人様、一向に収まる気配がございませんね」

レンの言う通り、俺の息子は反り返ったままだ。とはいえ、もう一度出すとなるとそこそこ大変な気がする。

「どうしようかね」

「ご主人様のお気に召すかわかりませんが、私の中を使ってください」

レンはそう言うと、お尻をプリプリさせながら前のほうに移動していくのだった。

第九話『真の脱童貞』

俺は寝っ転がったまま、プリプリのレンのお尻を目で追いかけていた。つい先ほどまで鷲掴みにしていた小尻が、眼前から離れていくのは少々名残惜しい気もする。その可愛らしいお尻が、とうとう俺の腰元にたどり着いた。そしてレンは俺の息子を掴むと、片膝をついて自身の膣口にあてがう。

「すぐに挿入《い》れちゃうのはちょっと……」

「時間をおいたほうがいいんですか？　ご主人様のこんなにカチカチですけど」

レンは自分の膣口に俺の息子を擦り付けながら「カチカチですけど？」って聞いてくる。レンがとってもエッチな女の子になったみたいで、なんだか楽しい。

「イッたばかりでまだ敏感だし、少しだけインターバルがほしいかなぁと」

「そういうものなんですか？　先ほどはずっと止まらず何回も何回もなさってましたが……」

「さっきのは明らかにサキュバスの毒でしょ。ステータスも見る限り、今は毒状態じゃなさそうだし」

「こんなになっているのに毒でないというのは、間違いないのでしょうか？　いざ戦闘となってご主人様がこうなってしまっては、今度こそ命に関わりますよ」

「ステータスに出ないんじゃ俺にもわかんないよ。でも、多分時間が経てば落ち着くから、レンも無理はしなくていいからね」

「いえ、ご主人様のがこんなになっているのに、メイドの私が何もしないというのは職務怠慢・サボタージュです。放っておくわけにはいきません」

サボタージュってこっちの世界でも通用しちゃうの？　きっと今のは俺の脳内変換が都合よく変換してしまったのだろう。そういうことにしておく。

「う、うん、じゃあお願いするけど、やっぱりすぐはちょっと怖いかな。とりあえずレンのお股で擦り付けてもらっていい？」

所謂、素股というやつだ。ついさっきまで童貞だった俺は、もちろん初体験である。

「擦り付けるんですか？　んしょ……んしょ、どうですか？　痛くはありませんか？」

レンは小股に息子を挟み込み、器用に腰を振り出す。ちょっとズレると挿入《はい》っちゃいそうなギリギリのラインで、腰を押し付けていた。体幹がいいからだろうか？　すっごく気持ちがいいぞ。クレヴァスの形を息子の裏側にしっかりと感じるし、ベットリと濡れているからスムーズな腰の動きだ。体重の乗せ加減が丁度いい感じで、自分の腹とレンのお尻に挟まれて亀頭がビクンビクンしちゃっている。下手するとこのままイッてしまいそうだ。

「レン、それすごく気持ちイイ」

「私もその……クリちゃんが擦れて気持ちイイです」

おお、レンの口から『クリちゃん』なんて言葉が出てきたら、ゾクゾクしちゃう。ほんとに気持ちが良さそうで、愛蜜が溢れて息子にネットリと絡みついていた。ヌルヌルとしたお汁に息子が包まれ、よりスムーズな腰の動きになっている。薄い小陰唇のビラビラが息子の腹を舐り、少し硬い陰核が亀頭に掠って気持ちがいい。あまりにも気持ちがいいので、レンの動きに合わせ俺も腰を振り出してしまった。

「アッッご主人様、私が動くのでじっとしていても平気ですよ？」

「ああ、でも気持ちよくなっちゃったから、止められないよ」

「でしたら、その、もう挿れちゃいませんか？　レンは、その、ご主人様のを挿れたいなぁって…」

オヨヨ、今なんと言った？　レンさん『挿れたい』とか仰ってません？　俺の知らない間に、レンはエッチな女の子になっちゃったのか？　それとも俺が知らないだけで、もともとエッチな女の子だったのだろうか？　どっちにしてもイイことであるには違いない。そんなエッチな女の子には、ちょっとした意地悪をしたくなるのが正しい男の子のあり方だろう。

「挿れたい？　挿れたいって何を？」

「その、ご主人様のを…」

「俺の何を？」

「うぅ～ご主人様はイヂワルですぅ～」

「そうかなぁ？　『誰の』『何を』『どんな風になったもの』を『どこに挿れたいの？』って聞いてるだけなんだけどなぁ」

「うぅ～、それがイヂワルなのにぃ～～。………じゃあ………ご、ご主人様のカチカチになったオチ○チンを、レンのグチョグチョのオマ○コに挿れたいんです。うぅ～恥ずかしぃ」

おお！　ホントに言った！　こんなのエロゲかエロ漫画の中だけのセリフだと思っていたのに。ここまで言わせてお預けをするのは主人としてどうかと思うし、正直俺自身も我慢の限界だ。今度こそ俺の息子で、ちゃんとレンの膣内を感じ取らなきゃな。サキュバスの毒が抜けて意識を保ったままエッチするのは初めてなわけだから、実質この瞬間が『真の脱童貞』の瞬間になる。真の卒業、いや、支配からの卒業なのだ。

「うん、レンのオマ○コで俺のを気持ちよくして」

「あぁッハイッ！　レンの中でいっぱい気持ちよくなってくださいね」

レンはそう言うと、息子を膣口に二、三度擦り付けてから、ゆっくりと腰を下ろす。

「んんッアァ～ハァ、入ったぁ～」

「ああ、あったかい。レンの中とってもあったかいよ」

まるでレンの中に入っている部分だけ、温泉にでも浸かっているのじゃないかと思うほど温かい。そして、その包み込むような刺激は、なんとも言えない甘美で蕩けるような刺激だった。

「ハァッ、ご主人様のも熱いですぅ。ンンッ、あぁぁとっても硬いンッンッンッ」

レンの小尻が前後に揺れ出す。レンの膣内で息子が前後に押し潰されるようなイメージだろうか？　これはこれですっごく気持ちいいけど、できれば上下に動いてほしい。視覚的にも感覚的にもそっちのほうが気持ち良いのだ。俺はレンのお尻を掴むと、半ば無理やり上下に動かす。

「アウッ、ご主人様ッ……それは、ヒッ、気持ち良すぎちゃうのぉンンッ」

「レン、こっちのほうが気持ちいい。上下に動いて…」

「アゥアゥ〜、わかりました上下に動きますから、アンッちょっと待ってッアンッ」

掴んでいたお尻を離し、体勢を変えようとするレンを自由にしてやる。するとレンが前傾態勢になり、俺の腰に蹲踞するように腰を下ろした。さっきまでは綺麗な背中と小尻の括れが美しかったが、今は視線を向けると可愛らしい小尻が丸見えになっている。お尻の穴のシワがハッキリと見て取れ、その中心はわずかにピンク色でヒクヒクと蠢いていた。

「ハァ〜ッ、もう奥まで届いてるのぉ。こんなの、きっとすぐイっちゃう」

「レンは、奥が弱いの？」

「知りません！　もしそうだとしても、ご主人様のせいでそうなっちゃったんですよ」

「フフ、じゃあ責任取らないとね」

俺はレンの小尻から太腿にかけて両手で押さえるようにすると、思いっきり下から突き上げた。小尻が揺れて、ビクッとレンの身体が弾ける。その瞬間、危うく射精しそうなほどの快感が全身を突き抜けた。すごい！　レンの膣内は最高に気持ちいい。こんなのすぐにイっちゃうに決まっているじゃないか。我慢しなきゃと思いつつも、気持ち良すぎて腰の動きは止められない。

「アァッ！　ひゃッ、あぅ～ご主人様ぁ、強くしないでぇ。奥まで強くされたらぁ～しゅぐイっちゃう、イっちゃうからぁ～」

「レン、気持ちいいよ、俺もすぐイっちゃいそうだ」

「ハイ、あぁあ～んんっあぁ、私もイっちゃう、すぐイっちゃうぅ～～～」

レンの膣内からすごい勢いで愛蜜が溢れ出し、俺の茂みまでグッチョリと濡れ始めた。ベッタベタになって繋がっている部分が、ピストン運動の度にイヤらしく糸を引いている。そのヤラシイ糸が泡立って結合部全体を覆い、レンの可愛いお尻の穴を隠してしまっていた。

『クッチャクッチャ』とリズミカルに卑猥な音が響き、レンも俺も無我夢中で腰を振り続ける。凄まじい勢いで昂る絶頂《オーガズム》の波を、俺は必死に堪えながらレンとの同調を図った。イクのなら、絶対一緒がいい。きっとレンも、もうすぐのはずだ。急激に膣内の締まりが強くなり、うねるように脈動しているのだから。

「レン、一緒にイキたい。あぁ、俺もう」

「ご主人様、あぁっ ハイ！　一緒に一緒に一緒にぃ～～～ッ」

お互いのピストンのタイミングをより速く激しくしていくと、腹の底から込み上げてくるどうしようもない快楽の渦が込み上がる。その渦は圧倒的で堪えようもない。次の瞬間、その快楽の渦を二人一緒に解き放った。

「イクッ レンッ、イクッあぁッ！」

「イクッご主人しゃまぁ～イクイクイクイクゥ～アァイクッイックッゥ～～」

丹田から俺の息子を通して絶頂《オーガズム》の波が具現化する。そもそも止める意思もないが、止めようのない快感の渦がスペルマとなって飛び出していった。

『ビュルビュルッビュルビュルビュルビュルッビュルビュルビュッビュ〜〜〜〜ッ』

「あああすごい沢山ご主人様のが入ってくるのぉ。いっぱい、すごくいっぱいあぁッ」

「レン、凄いよ止まんない。アァぁぁまだ出る、スゴイッ気持ちいい」

絶頂のピークは越えつつあるが、それでもお互いに腰の動きは止められない。俺はまだ出るし、レンの膣内もまるで息子の中身を全て絞り出すかのように蠢いている。そして、膣内に放つ度に甘く蕩けそうな刺激が増していくのだ。

「ああ、スゴイまだ少し硬い。ンンッご主人さまぁ、刺激強すぎですぅ」

「ああッもう限界だ！　全部出た、レンの中に全部出したよ。あああぁ〜、スゲー気持ちいい」

「よかったぁ、ご主人様がレンの中で気持ちよくなってくれて。レンもよくわからないくらい、いっぱいイッちゃいました」

「レンの中は最高だよ。エッチってこんなに気持ちいいんだね」

「ハイ、私もとってもとっても気持ちよかったです」

「うん、そろそろ抜こうか。腰上げられる？」

「ハイ。でも、ご主人様のが溢れちゃうかも…」

「溢れるところも見たいかなぁ」

「ご主人様が見たいのでしたら……じゃあ、ゆっくり抜くので見ててくださいね」

やっぱり、レンもノリノリだよな。俺のせいで目覚めたかもしれないが、元々スケベな要素があったのは間違いないと思う。

　レンが宣言通りゆっくりと腰を上げていく。結合部は、糸を引いた愛蜜が空気を含んで白く泡立ち、卑猥な雪化粧をしていた。そこから息子が抜けた瞬間、ヌルンとした快感とともに冷んやりとした空気を感じる。すぐにレンの泡立った膣口から、ドロリドロリと粘っこいザーメンが零れ落ちていた。俺が逃げるように腰をズラすと、大理石を白いザーメンが汚していく。すかさずレンの小尻に顔を寄せ、ザーメンが膣内からこぼれ落ちる様を間近で確かめた。ヒクヒクと蠢くお尻の穴と、泡立った膣口がたまらなくエッチだ。

「思っていたより出てこないね。もっといっぱい出した気がするんだけど」

「それは、私が溢さないように堪《こら》えていますから」

「そうなの？　出していいのに」

「ご主人様の子種を大地にばら撒くなど、本来はメイドとして許されません。ご主人様が見たいと仰ったから、溢れる分はいたし方ありませんが、一滴残らず身に留めるのがメイドの作法というものです。あ、それと、ご主人様のをすぐに綺麗にいたしますね。これもメイドの務めですので」

　レンは俺の息子を掴むと、すぐにお口でパクッと咥え込んだ。角度が悪かったせいか、頬肉のない剥き出し歯茎のほうが目に入ってしまい、一気に息子が萎んでいく。それでもレンは出し切ったつもりでいたザーメンを、丁寧に全て絞り出してくれた。意外と尿管に残っているもんなんだな。レンの強力バキュームお掃除フェラはものすごい快感ではあるのだが、萎み始めると流石にこそばゆい。

「もういいよ、レン。これ以上は、こそばゆくっていられない」

「ハイ、ご主人様のも落ち着いて、とっても可愛くなりましたね」

可愛くって悪かったな！　残念ながらズルムケにはならなかったよ。

「随分とメイドの作法ってスゴイことするんだね。お掃除フェラとかちょっと驚いたよ」

「ハイ、幼い頃から教わった作法ですが、私は今まで使ったことがなくて……」

「前のお貴族様はレンに何もしなかったんだね」

「ええ、前のご主人様は………その、男性にしか興味がなかったみたいで………」

「………その手の話は苦手だから聞かなかったことにしておくよ」

「ハイ。それで、ご主人様はもう満足されましたか？」

「うん、すっごく満足」

自分でも気持ち悪いと思うほど、満面の笑みで満足したことを伝えた。そっちの方面でも自信を持ってくれれば、次回やそれ以降の話も繋ぎやすくもなる。

「そうですか、それはよかったです……。おしぼりをお持ちしますので、綺麗にしたらダンジョン攻略に向かいましょう」

「そうだね、もう一息だ。頑張ろう」

上着は脱いでいないが、下半身裸の状態でちっちゃくなった息子がプランプランしている。側から見たら、相当恥ずかしい格好だ。レンも似たり寄ったりな格好なのに、ガーターストッキングがあるためか、なんだかカッコいい。背は低いのに脚が長いからかもしれないな。

この後、ちっちゃくなった息子を丁寧に拭いてもらい、ベタベタになった茂みも綺麗にしてもらった。俺のはキチッと丁寧に拭くのに、自分の股間は意外とあっさりとしたもので、ササっと軽く拭いて終わりにしている。服装も整えてもらい、新装備も装備し直して、ダンジョン攻略の準備もいよいよ整った。

「じゃあコカトリス退治といこうか」

「ハイ、承知しました。サキュバス戦の後では物足りないかもしれませんね」

「魔物のサキュバスはもう懲り懲りだよ」

「色街のサキュバスでしたらいかがですか？」

この世界のサキュバスは魔物じゃなく、種族としてのサキュバスもいる。大体、娼婦としてのお仕事が天職らしいが、魔力も高い種族なので魔法使いの後衛として冒険者になっている者もいるらしい。

「色街自体、行ったことないからなんとも言えないな」

「……あの、もし……ご主人様が嫌じゃなければ……私はいつでも……」

「あ……うん。その時は……またお願いすると思う……」

「は、ハイ……頑張ります！」

ついさっきまで童貞と処女だった者同士の、なんともむず痒い空気と時間だ。居た堪れなくなって、二人とも俯いてしまった。視線を上げて、改めて面と向かうとちょっと小恥ずかしい。ここで色っぽい感じにならないのは、やはりレンの半身が焼け爛れているからだろう。ムラムラさえしていなければ、レンは女の子として意識しないでいられるのだ。

「よし！　いい加減コカトリスを退治して街に戻ろう」

「ハイ！」

コカトリスはデカイニワトリみたいな見た目で、弱っちかった。トサカの他にモミジもドロップアイテムとして落としていたが、飲食店以外に使い道があるのだろうか……もらってみるとギルドの報酬より、宝箱の大金貨のほうが数百倍の利益になったので、テインダンジョンの攻略大成功と言えるだろう。何より、男として一回り大きくなれた気もするしね。

だけどここからしばらく、レンとの関係が進展することはなかったのである。

第十話『それからの一年』

テインダンジョン攻略後、俺たちはすぐに戦力アップに取り組んだ。まず、ポロの街に戻り『メルビン』を身請けすることにしたのだ。大金貨三〇枚は正直めっちゃ高かったけど、これで前衛に関しては魔王討伐まで視野に入れた強力なメンバーになったと思う。それくらいレンとメルビンの前衛は、圧倒的な攻撃力と防御力を誇っていた。

ちなみにこの時には、俺も正式に中級冒険者となっている。勿論レンも、上級冒険者にランクアップしていた。比較的難易度が低いとはいえ、たった二人でテインダンジョンを攻略したことが評価されたみたいだ。

それとほぼ同時に、上級冒険者で『精霊弓兵』のエルフ『ディード』さんを仲間に入れることとなった。ディードさんはスラッとした背の高い美人のエルフで、過去にメルビンたちとパーティーを組んでいた経歴がある。メルビンを加えた状態でギルドに行ったら、向こうのほうからパーティーに入れてくれと飛び込んできたのだ。ディードさんは俺の目からもメルビンに惚れていることがわかったが、どうやらそれだけが目的でもないらしい。将来的には『魔法都市アルテガ』を攻めている、魔王軍三巨頭の一角『エリクシルドラゴン』の討伐を願われたのだ。

この頃には俺も、いずれは魔王討伐までって考えるようにもなっていたので、ほとんど迷わずその条件を受け入れた。メルビンは目を丸くしていたが、レンは当然と言わんばかりだったな。

ちなみに、ディードさんは故郷の森をエリクシルドラゴン率いる魔王軍に襲われ、森は壊滅。なんとか弟と二人だけで、命辛々逃げ出したそうな。その後もなかなか悲惨で、弟が人間の商人に騙されて奴隷の身分に落とされ、貴族の慰み者となってしまった。そのお貴族様がメルビンとレンの先の主人で、ベンゼル侯爵の次男アレスだそうな。

そういった経緯があり、ディードさんは弟を守るため、アレスのパーティーに唯一外部から加わっていた。しかしながら、アシッドドラゴン討伐の際に弟はドラゴンブレスの犠牲になり、鬼籍に入っている。惚れていたメルビンまで奴隷落ちして、どうして良いのかわからずにいたところ、たまたま俺たちを見かけたということだった。

後衛がほしいと思っていたところに、上級冒険者が向こうからパーティーに入りたいって言ってくれたのだ。是非もなしと、ディードさんを迎えることとなった。

ここで俺たちは正式にパーティーとして登録をする。登録名は『キャロ《月》・ディ・ルーナ《光》』。ディードさんの通り名が『月光の弓弦《ゆみづる》』だったから、そこに乗っかっちゃったのだ。

ちなみにディードさんは『斥候《スカウト》』としても『狩人《ハンター》』としても『風の精霊使い』としても一流で、すぐに今後の冒険に欠かすことのできないメンバーになっている。何よりも『風の精霊魔法』は回復も戦闘補助も攻撃もできる万能スキルで、俺が『スティール』でほしいくらいだった。

メルビンとディードさんを得て戦力の整った俺たちは、まず俺の上級冒険者へのランクアップを目指した。レンの代わりにメルビンが剣の稽古をつけるようになり、高難度のクエストをバシバシこなしていく。おかげで稽古どころかマッサージまでメルビンに代わってしまい、数少ない夜のお楽しみがなくなって、毎日死にたい気持ちになってしまった……。辛うじて身体を拭く時にだけレンが拭きにくるが、メルビンが同室のため色っぽい展開になることもなく、淡々と毎日が過ぎていった。

個人的に悶々とする日々は続くが、冒険者としては文句なしの絶好調。俺は僅か半年で上級冒険者となり、『キャロ・ディ・ルーナ』の名前もポロ圏最強の冒険者パーティーとして知れ渡っていった。

それからは高難度のダンジョンや前人未到の巨大な塔など、冒険に次ぐ冒険の日々である。宝具と呼ばれる武器や防具・魔道具なども手に入れ、いつの間にか『キャロ・ディ・ルーナ』の『タカヒロ』は勇者だという噂まで広まっていた。実際、俺は勇者なんだと自分でも感じるようにもなっている。テインダンジョン攻略から半年で、レンやメルビンに引けを取らないステータスになっていたし、それ以降のステータス上昇は『勇者』独自のモノとしか思えないほどの上昇率であったからだ。それからさらに半年が経ち、自分でもびっくりするくらい強くなっていた。

✻

テインダンジョン攻略から約一年の時間《とき》が過ぎている。最近では、武術の稽古をメルビンとレン、ディードさんの三人がかりでするようになっていた。そうでもしないと、すでに一対一では俺の相手にならなくなってしまっていたからだ。あんなに力の差を感じていたレンが、今では小さく感じてしまっているくらいなのだから……。

「主人殿《あるじどの》、参る」「ご主人様、いきます」

「よろしくお願いします」

現世で武道の経験は中学の途中で辞めた剣道くらいだが、なんとなく日本人として稽古の前の礼は忘れてはいけない気がするんだ。『礼に始まり礼に終わる』は正しい日本人の在り方だろう。そのおかげで強くなったとは言わないが、そのおかげで心が曲がらずに来れたのじゃないかとは思っている。勿論、そう思うように鍛えてくれたレンのおかげなんだけどね。

こうして今日の稽古が始まる。レンが向かって右手、メルビンが向かって左側から飛びかかる。単純な飛び込みであれば目を瞑っていても躱せるが、百戦錬磨の二人の攻撃は見事なコンビネーションで繰り広げられる。一歩先にメルビンが飛び出し、双剣によるラッシュ。上下左右ありとあらゆる角度から剣撃が振るわれるが、俺は盾と刀でいなしつつレンの警戒も怠らない。いつどこからディードさんの矢が飛んでくるかもわからないので、実力的に上回っていても気は抜けないのだ。メルビンのラッシュの最中、側面に回り込んだレンの大槌が横薙ぎに飛んでくる。頭を低くして髪の毛にかするほどギリギリの見切りで躱しつつ、メルビンの膝下を盾で薙いだ。これはあくまでも牽制だ。メルビンが一歩退きラッシュが止まったところで、レンの大槌が飛んでくる。

「ウァァァァ〜〜ッ」

レンの気合が、大地を揺がすほど凄まじい。メルビンの双剣と違って大槌はいなすことができないので躱すしかない。ウィービングとフットワークを駆使してレンの攻撃を紙一重で躱す。距離を取るとメルビンの追撃もくるし、ディードさんの矢も飛んでくる。ゼロ距離で躱せば、同士討ちの危険があるのでなかなか手が出せないのだ。こうなると、どこかのタイミングでレンが離れるしかない。当然俺の攻めるタイミングでもあるが、その瞬間を狙ってディードさんとメルビンが仕掛けてくるだろう。

ラッシュの中、レンが身を捩って大槌を縦に振るう。脳天直撃したら即死コースだが、こんな大振りに俺が当たるはずもない。

むしろ振るったその後が問題だ。

「イヤァアアア『サンダーウェーブ』」

大槌『雷神の槌』の固有スキルを地面に叩きつける。周囲に雷属性の攻撃を仕掛ける技だ。様々な魔物のスキルを『スティール』している俺には、あらゆる属性に耐性がある。雷も勿論無効化できるが、レンもそんなことは百も承知だ。このスキルは目眩しの捨て技だろう。案の定俺の体に大事はないが、代わりに大地が弾けて土埃が粉塵となって舞った。次の瞬間、後方からディードさんの矢が閃光のような速さで飛んでくる。躱してもメルビンにもレンにも当たらない絶妙な角度だ。俺はあえて躱さず盾を使って弾く。絶対にメルビンが仕掛けてくるからだ。

「『剣技・土槍百連』」

メルビンの得意な土属性の剣技が襲う。大地から凄い数の槍が次から次へと顕現して、俺を後方へと退かせる。フワリと後方へ飛んだ俺は、着地というか着水した。上手いこと後方の川に誘導されたみたいだ。この川で俺の機動力を削ぐ計算であろう。足が止まったところで、ここぞとばかりにディードさんの矢が降り注ぐ。先ほどの閃光のような矢の鋭さはないが、雨あられのように降り注ぐ矢は川の中では回避不能だ。

「『ウォーターウォール』」

クィーンサーペントから奪ったスキルで、水の障壁を張る。これくらいはメルビン、レンも計算しているだろう。中間距離の障壁を破るような攻撃をしてくるはずだ。

「『双剣牙突』」

メルビンが二刀を前で交差させ、弾丸のように体ごと俺に向かって飛んでくる。『双剣牙突』は、ドラゴンの脇腹を貫通するほどの威力を誇る大技だ。俺は眼前に迫るメルビンの双剣を、身体を後ろに反らして紙一重で躱す。水の障壁を突き破り、一瞬のうちにメルビンが俺の上を抜けていった。そこへ頭上から大槌を振りかぶったレンが飛び込んでくる。俺は上体を反らしたまま剣を足元に突き立て、レンを迎え撃った。

「『アトミックパンチ』」

先日攻略した、『バベルの塔』にいた古代兵器『シグマ』から奪ったスキルだ。レンの大槌と俺の右拳が激しくぶつかり合い、衝撃波が俺たちを中心に広がっていく。衝撃波で辺りの水が吹き飛び川底が露呈すると、アトミックパンチによって発生した熱で近くの小石が融け始めていた。

「ハァァァーッ」

レンがさらに力任せに押し込んでくる。いなしてもいいが、折角だから力押しに付き合うことにした。

「『デモンズストライク』ッ！」

滝の大ダンジョンのボス『デモンズロード』から奪った肉体強化魔法を発動させる。一瞬のうちに俺の筋肉が倍ほどにパンプアップされると、レンの攻撃がフッと軽くなった。そのまま力押しで一気にパンチを振り抜くと、三〇メートルほど先で砂埃が巻き上がる。レンが地面に突き刺さってしまったのだ。ちょっとやり過ぎちゃったかな？　とりあえずレンは捨て置いて、ようやく体勢を整えたメルビンに俺は一気に詰め寄る。

「トォァァァ〜ッ」

先に手を出してくるのはメルビンだが、今は俺が攻め手だ。双剣が流れるように振るわれるも、先を制している俺には届かない。一撃二撃と躱し、懐に入ったところで盾でメルビンの手元を払ってやった。片方の剣を手放し、もう一方の剣で地面を突いて体勢を整えようとするメルビンだったが、その前に前蹴りを叩き込む。メルビンが膝をついた瞬間に首元に刀を突きつけて今日の稽古は終了だ。

と、思ったところにディードさんの矢が飛んでくる。正確に俺のコメカミを狙ってくるあたりはさすがだけど、予想していたので素手で握り止めた。相変わらず怖いお姉さんだなぁ。

「今日の稽古はこんなとこでいいでしょ」

「主人殿、我らの完敗でございます」

「うん、ありがとうございました。レンは大丈夫かな？　俺ちょっと見てくるよ」

稽古の後は必ずお辞儀で〆る。俺の中にあるよくわからないマナーだ。

「ハッ」

メルビンを尻目に川をジャンプでひとっ飛びして、レンのすぐそばに着地した。いつも元気に立ち向かってくるレンにしては、珍しく地面に突き刺さったままなのでちょっと心配だ。

「レン、大丈夫か？　俺やり過ぎちゃったよな」

「いえ、ダメージはありません。ただ、自分の力のなさに少々落ち込んでしまいました」

ダメージないんかい！　もう、心配させないでよ。

「いや、力は強いでしょ。スキルなしじゃ、力でレンに太刀打ちできないからね」

「そうではなく、私が全力でご主人様のお相手をしても、もうご主人様のお稽古にならなくなってしまって……。これから、魔王軍の中枢に挑むというのにあしでまといにならないかと……」

先日、パーティー内の会議で今後の俺たちの方針を定めた。いよいよ魔王軍の三巨頭に挑み、その先の魔王討伐を目指すことにしたのだ。そのためには根本的に足りないものがあるのだが、いまはその話は置いておこう。

「レンは強いよ。あしでまといになることなんてないさ」

「でも、私よりご主人様のほうが遥かに強くなられました。今の私ではご主人様をお守りするには力不足だと思うんです」

「そんなことはない。最初の頃みたいに俺のボディーガードをしなくてよくなっただけだ。パーティーメンバーとしては上級冒険者の中でもレンほど有能な壁役はいないよ」

「ですが……」

「ですがじゃない。そもそもレンがいなかったら俺はいまだに中級冒険者になってないだろうし、その日ぐらしの日銭を稼いで、だらだらだらだら過ごしていたさ。レンは胸を張っていい！　ダメ人間の俺を、勇者を意識させるくらいまで成長させたのはお前なんだからな！」

「ご主人様………。弱音を吐いて申しわけありませんでした。私、ご主人様のためにできることはなんでも頑張ります！　これからも全身全霊でお支えいたします」

「うん、期待してるよ」

特に下の世話は期待している。メルビンとディードさんがいなければ、本当はもっとイチャイチャしたいのだ。人によっては半身が焼け焦げたレンは嫌悪の対象でしかないみたいだけど、俺にとってレンは初めての相手である。いまだに女性と話すと緊張してしまうけど、レンだけは緊張しないんだ。それにあの日以来、毎日レンの身体を意識してしまっている。ご主人様の命令とかで、何度レンを寝室に呼んでしまおうと思ったかわからないのだから。

レンは俺の邪心を見透かしたかのような笑顔で、スックと立ち上がり一礼する。

「心配おかけしました」

「じゃあ行こう。今日のクエスト報告をしたら、いよいよ『魔法都市アルテガ』に出発だ」

「ハイ。不死身のエリクシルドラゴンも、ご主人様ならきっと攻略できます」

「でしょ。あくまでも仮説だけど、勝つ目算はついているんだ。それに俺たちに付き合ってくれたディードさんに、借りを返さないといけないしね」

「ディード様もきっと喜んでくれます」

「うん、そういう結果にしなくちゃね」

そう返事はしたものの、エリクシルドラゴンの攻略には足りないパーツがある。後二人、パーティーメンバーが必要なのだ。正直、奴隷にレンやメルビンのような猛者を求めても、手に入れることはできないだろう。お金の問題ではなく、それほどの人材が奴隷堕ちすること自体が稀なのだ。ギルドでメンバー募集はずっとしているが、メルビンとディードさんの御眼鏡に適う猛者はとうとう現れなかった。エリクシルドラゴン自体は、俺と一対一に持ち込めば勝つ自信はある。だけど、その取り巻きはかなり強力な毒攻撃をする、クモの化け物だそうな。それが一匹や二匹でなく、ダース単位で出現する。どう考えても回復役と、援護攻撃のできる魔導士が必要になるのだ。じゃないと、俺はともかくレンやメルビンの命が危ない。それに、今後の魔王攻略を見越しても、絶対に人材の補強は必要だ。

「ハァ」

レンに見られぬようにこっそり溜息を吐く。街に戻ってもこの問題は解決しない。『魔法都市アルテガ』にはハイレベルな魔導士や僧侶、賢者と呼ばれる人もいるというから、残り二人のメンバーは現地調達を目指すほかないだろう。ハッキリ言って運頼みの行き当たりばったりだが、心配しても仕方がない。レンと出会ってからは、自分にツキが回ってきているのを感じてるんだ。今はこのツキに賭けるしかないのだから。

そんなツキはあっという間に結実する。ポロの街に戻ると、俺たちを二人の人物が待っていたのだ。

第十一話『紅蓮のエルザと白銀のミオ』

ポロの街に戻った俺たちは、クエストの報告のためにギルドへと向かう。いつものようにクエストの報告を済ませると、珍しくギルド窓口のお姉さんに呼び止められた。

「ディード様、すいません。実は『キャロ・ディ・ルーナ』の皆様に『魔法都市アルテガ』から使者の方がお見えになっておりまして。ギルマスからなんとしてでもお会いしていただくように言われておりまして…」

ディードさんが俺のほうへ視線を送ってくる。キャロ・ディ・ルーナのリーダーはディードさんを立てているが、実質のリーダーは俺だ。今でこそ上級冒険者の俺だが、登録当時は唯一の中級冒険者だった。そんな俺がリーダーっていうのは体面が悪く、かと言って俺に隷属しているメルビンやレンを前に立たせるわけにもいかない。なので、実績充分なディードさんにリーダーをお願いしていた。

俺は首肯し、ディードさんを促す。

「承知した。案内してもらえるか？」

「は、ハイ！　どうぞ、こちらです」

受付のハーフエルフの女の子が奥の階段へと促し、先に上がっていく。先頭だったらおパンツを拝むことができたかもしれないほど、短めのスカートだ。まぁこの世界のパンツのほとんどが色気のないものばかりである。俺はそれがあまりに残念で、レンにエッチぃ下着しか渡していない。なので、レンはいつも紐パンだ。メイド服が足首に届くほどロングなので、覗けたことは一度もないのだけれど…。

「こちらでお待ちください」

ハーフエルフの受付さんが、ペコリと一礼すると奥のほうへギルマスを呼びに行った。通された部屋には、対面でじっくり会話のできる革張りのソファーセットが置いてある。俺とディードさんが並んで座って待ち、レンとメルビンは俺たちの後ろで待機してもらった。

「アルテガからの使者ってどんな方でしょうね？」

ディードさんに質問をしてみる。一年近い付き合いだが、いまだにちょっとビビってしまうのは、美人なうえに言葉尻がちょっとキツイのも原因なんだと思う。

「魔導士か僧侶であろうな。アルテガの使者と云えばどちらかしかなかろうよ」

「魔導士か僧侶かぁ…、強かったら仲間にほしいなぁ」

「アルテガは魔導に関することは世界で最も進んでいる。使者として送られるほどの者ならば、それなりの使い手であろうよ」

「ディードさんは使者ってなんの用事だと思います？」

「援軍の依頼であろう。お主はポロ圏では勇者として実力を認められつつある。経緯が経緯だけにヌシは自ら勇者と名乗らずにおるが、勇者であれば三巨頭のいずれかと向き合わねばならんであろう？　ならば、エリクシルドラゴンに攻められているアルテガに是非とも来てくれとでも言うのであろうよ」

「大剣士メルビンに月光の弓弦ディードのパーティーに、勇者と噂される人間がいればそうなるかもしれませんね」

「それ以外はなかろう」

「じゃあ二つ返事で受けちゃいましょう」

「それはつまらん！」

ディードさんが意地の悪そうな顔で微笑む。純粋なエルフは悪戯好きだ。今回も悪巧みを思いついたようにしか見えない。

「また悪巧みですか？」

「またとはなんぞ？　吾はなるべく好条件でクエストを受けようと思うておるだけじゃ」

「折角遥々アルテガから来てもらって、かなりの高額でクエスト依頼するのに、さらに買い叩くんですか？　そもそもアルテガ行きはディードさんが望んでいるのに……」

「タカヒロよ。ヌシは強くはなったが、大人としての強《したた》かさが足りぬ。この交渉、吾に任せておくとよい」

「どの道お任せしますよ。こういうの俺、苦手だから」

「よし、たっぷり儲けさせてやるわ」

「ディード！　程々にいたせよ」

普段の垂れ目を吊り上げたメルビンが、ディードさんに釘を刺す。メルビンに惚れてるディードさんは、アワアワして言い訳をしていた。

「メルビン違うの！　アルテガの使者が大賢者の使いかもしれないでしょう？　お金もだけど、残り二人のメンバーを融通してもらえるかもしれないの。大賢者の息のかかった者であればかなりの戦力のはずじゃない？」

毎度のことだが、急に女の子口調になるところが可愛らしい。メルビンもディードさんの考えも一理あると思い、深く考え込んでいるようだ。

「ディードさん、それ良いアイディアですよ。それでいきましょ！」

「ヌシはパーティーの補強をアルテガに求めることに賛成なのだな？」

「ええ、むしろそれを飲んでくれるなら、お金なんかどうでも良いですよ」

「ダメじゃ！　しっかり報酬はもらうからな！」

「わ、わかってますよ…」

ディードさんはお金には厳しい人だ。それも当然といえば当然で、弟が商人に騙されて奴隷堕ちした経験からなのである。

ちなみに、ディードさんにはパーティーの分け前の三割を渡す契約になっている。四人パーティーならば二割半が妥当なのだが、ウチはメルビンとレンが俺の所有物扱いなので、多少割増でも構わない。

そんな会話もそろそろネタが尽きた頃、この部屋に近づく足音が響いてきた。一人はさっきの受付嬢で、もう一人は虎獣人のギルマスだろう。あとの二人だが、片方は武術の心得がありそうで、もう一人はかなり小柄な素人みたいだ。すぐに、コンコンとドアをノックする音が響いた。

「邪魔するぞ」

「ハイ」

返事と同時にギルマスの虎顔がヒョッコリと顔を覗かせる。虎って猫科っていうのが良くわかる警戒感だ。危険がないのを確認すると、今度は堂々と扉を開けて部屋に入ってくる。その後ろにお茶のセットを持った受付のお姉さんと、美女が二人ならんでいた。

「月光の！　わざわざ呼び立てて悪かったな」

「ティガ、吾らを呼びつけてなんの用だ？」

「おう、まぁ一旦落ち着こうじゃねぇか。おい、オメェお茶を出してやんな」

ポロギルドのティガは、純粋な冒険者上がりのギルマスだ。時には貴族様の相手もするだろうに、この感じで上手くやれているのだろうか？　ギルマスとしては一年生らしいので、これから痛い目にあって世渡りを覚えていくんだろうな。

「ハイ、失礼します」

受付のお姉さんは意外と場慣れしているようで、淡々とお茶の準備をしていく。その間に使者の二人が俺とディードさんと向かい合うように座り、ギルマスのティガさんが上座の一人掛けソファーに腰を下ろした。まぁ、この世界に上座とかってなさそうだけど、もてなす立場ならこの位置が妥当なところだろう。

さて、俺は美女二人のほうが気になる。

まず俺の向かいに座っている女の子だが、子供と言って良いほど小柄で細身の可愛らしい感じだ。白みがかった金髪を左右二箇所に編み込むように丸めていて、それでも肩にかかるほど髪が溢れている。深い金色の瞳が美しく、長い睫毛が耽美だ。プックリと小さな唇に、白磁のように美しい肌が艶々としている。服装は深い赤色のワンピースタイプのドレスの上から、魔導士のローブを羽織っていた。見るからに立派そうなローブなので、かなり高位の魔導士だろう。振る舞いがとても優雅で落ち着いていて、見た目の年齢と実年齢には乖離があるかもしれない。オデコがチャーミングで、超のつく美少女であることは間違いないだろう。こんな妹ほしいなぁとか思わず思っちゃう感じだ。

もう一人はディードさんを超える背の高さで、カラメル色の肌とポニーテールで留めた癖毛の銀髪が特徴的な美女。耳が長いし、ダークエルフかな？　俺もだけどティガさんすら思わず視線が向かってしまうほど、胸元にタワワに実った果実が暴力的で、もうすんごい。こちらの服装は白をベースに紺のフチ処理をした法衣を、動きやすいように改良している。下は完全にズボンタイプで、大きな胸元に独特なデザインの十字架をかけていた。僧侶なんだろうが武人独特の足捌きだったので、恐らく僧兵《モンク》だろう。美しい翠色《すいしょく》の大きな瞳は純粋な人の良さを感じさせるタレ目で、常日頃ニコニコしている感じが伝わってくる。

二人ともこっちの世界でも見たことがないくらい可愛いし、美人だ。特にダークエルフっぽい人の胸元は、子供を産んで太ってしまった女性を除けば、俺の知る限りこの世界で最も大きなオッパイだろう。

いよいよ、ここからは交渉ごとだ。その辺りはリーダーたるディードさんにお任せして、俺はテキトーにお茶でも濁す。レンとメルビンがお茶を断り、ようやく話が始まった。

「月光のお嬢たちに来てもらったのは他でもねぇ、こちらの二人からかなり高額な依頼が入ったからだ」

「吾らは金では動かぬぞ。だが、依頼の内容も聞かずに帰るわけにもいかぬな。それでは非礼に過ぎよう」

さすがディードさん、心にもないことをサラッと言い放つ。

「おうよ、何しろわざわざアルテガくんだりから、大賢者様の命で来ているエラ〜い魔導士様と僧侶様だ。聞いておいて損はねぇって」

「うむ、では依頼の内容を伺おうか？」

「その前に、先ほどからミオの胸元ばかり見ている、そちらのお兄さんが勇者様でいらっしゃるの？」

小柄なオデコちゃんが、俺のほうを向いて辛辣な一言を言い放つ。俺だけじゃなくて、ギルマスだって見ていたんだけど…。そして、背後から殺意のような怒気のようなプレッシャーも感じるぞ。

「そうなるな。吾の隣のムッツリスケベが、噂の勇者タカヒロだ」

「ムッツリって……あ、あのタカヒロといいます。冒険者です。よろしくお願いします」

緊張して高校生の初バイト面接みたいな自己紹介になってしまった。こんな風に紹介されると、結構焦る

もんだな。

「そうですか。やはりお兄さんが………ミオの胸元に見惚れる殿方は数多いですが、その全てが彼女より弱い者ばかりでした。お兄さんはミオより強いのですか？　ワタクシよりも強いのですか？　魔王を倒せるのですか？」

「ふむ、随分と率直な質問だが、この男ムッツリはしておっても実力は確かだぞ。魔王どうこうはともかく、少なくともお主ら二人よりはだいぶ力は上だろうて」

ディードさんが上手いこと俺を持ち上げてくれる。嬉しい気持ちもあるけど、それ以上に恥ずかしいもんだな。

「ディード様は、そちらのお兄さんがワタクシとミオよりも実力が上だとおっしゃるのですね」

「無論だ。お主ら二人がかりであっても此奴には届かぬだろうな」

二人とも魔導士と僧侶のステータスとしては過去に見たことのない次元なのだが、それでも魔力・魔力量ともに俺のほうがかなり上回っている。魔導士や僧侶の戦い方がよくわからないけど、確かに二人がかりでも負ける気はしないかな。だからと言って、この流れだと俺が二人相手に手合わせすることになりそうじゃないか？

「ディードさん、煽るようなこと言わないでくださいよ」

「あら、お兄さんはワタクシたちと戦って勝つ自信はないのですか？」

「自信のあるなしじゃなくて、やりたくないだけなんだけど…」

「ふ〜んお兄さんは平和主義者なのですね。ですが、そのように甘いことを言っていると、この先『三巨頭』と戦うなんて夢のまた夢かと思いますわ」

「そうだぞタカヒロ。その小娘共を簡単に片付けられぬようでは、レンを閨《ねや》に誘うなんて夢のまた夢ぞ」

「ハッ!? ディードさん何言ってんの？　俺、そ、そんなこと思ってね〜し」

「そ、そうです！　ご主人様が私のような醜女を夜伽にお使いになんて…」

少なくとも俺のほうは図星を突かれて相当に焦ってしまった。ディードさんは俺の気持ちがわかっているのだろうか？　そんなにハッキリ、俺はレンをエッチな目で見ていたのだろうか？　レンは俺に同衾を求められたら嫌がるだろうか？　隷属している以上NOとは言わないだろうが、本心は嫌で嫌でしょうがなかったら困るし凹むし立ち直れないぞ。

「あらあら〜♡　勇者さんはぁ〜そちらのメイドさんが、お好きなんですねぇ〜」

爆乳オッパイさんが、突如身を乗り出し話に割って入ってきた。この人、こういう話が好きなのか？　そして一見さんにもわかるほど、俺って顔に出ちゃってた？

「ミオッ！　また野次馬根性を出して。およしなさい、下品です」

「でもでも〜気になりませ〜ん？　メイドさんのほうも満更ではなさそうですしぃ〜」

そうなの？　それはちょっと嬉しいんですけど！　とはいえ、勝手に俺たちのことで盛り上がらないでもらいたいんだが。そこへ、ちょっと虚を突かれた感じのディードさんが口を開いた。

「すまんな、吾が話の腰を折ってしまったようだ。話を戻すと、おぬしらは依頼するにあたり、此奴の実力を知りたいのだな？」

「ええ、そうですの」

「じゃが、吾らのほうで力を示さねばならん義理も義務もなかろう。依頼内容も告げずにいきなり力を示せでは、此奴が困っても仕方あるまい？」

さっきと言っていることがずいぶん違う気もするが、いい方向性でフォローを入れてくれた。それに対してオデコちゃんの反応は、ちょっと悩んでいる感じだ。オッパイさんのほうは恋話っぽい展開がなくなって、あからさまに残念そうだ。

「それもそうね。ではまず、ワタクシたちの自己紹介からいたしましょう。ワタクシは魔導協会所属の魔導士エルザと申します。『紅蓮』という二つ名をいただいております」

「あ、じゃあ次はワタシですねぇ。ワタシは〜神樹教会所属のモンクで〜ミオって言います。二つ名は『白銀』ですっ」

「こりゃあスゲー連中が依頼に来たじゃねーか。アルテガの紅蓮と白銀と言えば、実力的には大賢者の次だって話だぜ。魔王軍と戦争中のアルテガが、そんな大物をよくよこせたもんだ」

ギルマスの声が異様に引きつっている。思わず興奮してしまうほど、アルテガが送ってきた二人は大物なんだろう。

「ええ、ですから要件は手早く済ませたいのです。お兄さんの実力を見たいと言ったのは、なるべく時間を無駄にしたくなかったからなんですの。お気を悪くしないでいただきたいのですが、とても強そうには見えなかったもので………」

かなり強烈な一言だが、自分でも否定できないかも。見た目の話をされたら、実際に強そうには見えないし…。

「よく言われます」

「うむ、見た目は町人の若者程度にしか見えぬからな。じゃが、此奴は魔法を使わんでも吾やメルビンより強いぞ」

「そうなのですか？　かの『月光の弓弦』が言うのであれば、一先ずは信用いたします。では、本題の依頼内容に移らせていただきますわね」

「よし、聞こう」

「今回の依頼ですが、今魔法都市アルテガを襲っている『エリクシルドラゴン軍』を撤退させるか、『エリクシルドラゴン』の討伐となります」

ディードさんにとっては願ってもない話なはずだ。元々、エリクシルドラゴンの討伐がウチのパーティーに参加する唯一の条件だったのだから。俺としても、魔王討伐に動くには三巨頭最強のエリクシルドラゴンの討伐が一番いい選択肢だと思っている。理由はいくつかあるが、恐らく『とあるもの』が『スティール』できるってのが一番の理由だ。

「うむ、それは予想通りの依頼だが、果たしてアルテガが用意できる報酬はどのようなものとなるのだ？　三巨頭の中でも最強と謳われる怪物の、事実上の討伐依頼だ。吾らが命を賭けるだけのものなのだろうな？」

「ええ、報酬は最高の物を用意しています。まずは大金貨二〇〇枚とこちらの金剛石です」

オデコちゃん、もといエルザさんが小袋から出した宝石は、見たことがないような大きさだった。俺の握り拳と同じくらいのダイヤモンドが、不用意にテーブルの上に置かれている。この世界で金剛石と呼ばれるものは、それ自体が魔力を持つ魔石だ。宝飾品というよりは、その力と地脈の魔導を収束させ、街を守る結界を張るために使われている。ポロの街でもそうだし、魔法都市アルテガでも同じはずだ。

「こんな冗談のように大きな金剛石は見たことがない！　もしやアルテガを守護する結界石なのではないのか？」

「ええ、これは次代の結界石ですわ。この大きさならば、アルテガは二〇〇年は安泰となりましょう。これを出す以上、今の結界石はもう五〇年は凌いでもらわなければならないそうですけど」

「でもぉ～それだけじゃないんですよ。もし、エリクシルドラゴンの討伐に成功したら～、アルテガの宝物庫に眠る勇者の剣『ブレイクブレイド』を差し上げます。それに～、ワタシたちの身も心も勇者様にお捧げしちゃいますよ～」

『ブレイクブレイド』は世界で最も有名な聖剣である。過去の勇者の中に『鍛冶』のスキル持ちがいて、そのスキルによって鍛えられた聖剣なのだそうな。なんでも、魔王の持つ剣ごと魔王を真っ二つにしたという伝説がある。

「もちろん全て成功報酬にはなりますが、そちらのお兄さんが望めばそれら全てを手にすることができますの」

「それはお主らがパーティーメンバーとして、魔王討伐に同行するということで良いのか？」

「勿論です。それどころか、勇者様と隷属契約を結び、生涯仕えるということですわ」

なんだと！　レンとメルビン以外に新たに二人も奴隷が増えちゃうのか？　しかも、超可愛いロリっ娘と爆乳オッパイ美人の二人がだとッ！

「紅蓮と白銀と言えばアルテガの次代を担う者であろう？　魔王討伐までならばともかく、身命を賭して此奴に仕えるとは如何なる理由からか？」

「過去に魔王討伐をなされた勇者様方は、そのお力は神がかっていたそうです。しかし、人として尊敬できる方々だったかと言われると、必ずしもそうではありませんわ。むしろ実際はかなり俗っぽい方々だったと聞いております。過去にもアルテガでは、今のような窮地に勇者様ご一行に依頼を出した記録がございます。その中には一国の王座を望まれた方もいらしたそうですの」

「なるほどの。それで此奴がその勇者として何を望むかが気になったか？」

「それは～違いま～す。今言ったものはエリクシルドラゴンを倒していただければ、全部差し上げちゃうんです。でもでも～エルザちゃんは～、自分が仕える勇者様が力不足だと納得できないって言ってたんですの。もしかしたら～、パーティーメンバーの力でエリクシルドラゴンを倒しちゃうんじゃないかな～って、思っているんだと思うんです」

「自らが仕えるかもしれない方が、人格はともかく『力』において自分より下回っていたら、心まで捧げられるとは思えないんですの」

「ほうほう、それは一理あるな。タカヒロ、お主はこの娘らの覚悟に応えねば、男として情けなかろうよ」

「ディードさんは報酬に関して文句はないのですか？」

「吾は報酬に関しては文句はない。それどころか、次代の金剛石などアルテガなり他の街なりに契約を科して譲れば、二〇〇〇年は税だけで食っていけよう。素晴らしい提案じゃ」

ディードさんの瞳が『¥』マークに見えてしまうのは、気のせいじゃないだろう。俺も今回の依頼がとんでもないことぐらいわかっている。そもそも、ギルドの依頼で報酬が大金貨一〇枚以上っていうのは非常に稀だ。それが大金貨二〇〇枚とそれ以上の価値がある金剛石に、勇者の聖剣を授けたうえ、絶世の美女二人付けちゃうなんて大盤振る舞いも甚だしい。

「俺も条件としてこれ以上ないものを提示されたと思う。でも、お二人の意志はそれでよろしいんですか？魔法都市アルテガの命令で俺に仕えることになるかもしれないんですよ？」

「ワタクシもミオもエリクシルドラゴンに家族を殺されました。言わばこれは復讐でもありますの。ワタクシたちの力では、エリクシルドラゴンに手傷を負わせて一時的に退けるので精一杯でした。しかも、お師匠様に大怪我を負わせてしまい、なんとか退けるという情けないものでしたので」

「師とは大賢者か？」

「ハイ、お師匠様は先の戦いで片足を失いました。魔導では今だにワタクシたちを上回っておりますが、いざ戦闘となると専守防衛以外の戦術は取れないでしょう。ですので今回の依頼の報酬を用意するに当たって、ワタクシとミオは隷属することを自ら志願しました。今の状況で万が一にも勇者様が他の三巨頭から攻略なされることになっては、アルテガの民にもお師匠様にも顔向けできませんもの」

「それだけに、勇者の実力が気になるというわけだな」

「ハイ、ワタクシたちが全てを賭ける以上、勇者様の実力がエリクシルドラゴンに及ばないなどということがあってはならないのですわ」

「だそうじゃ、タカヒロ。この依頼、この娘らの身命を賭した依頼じゃ。仮にも勇者と呼ばれる者ならば、力試しくらい受けてやらんわけにもいくまいて」

「ふぅ〜、ですね。勇者云々というより、一人の人間として彼女たちの期待に応えなければいけないと思います。わかりました、力試しを受けて立ちます。ギルマス、場所を提供してもらえますか？」

「おう、裏の広場を使うといいぜ！　観客も入れて盛大にやってやる」

「観客とかは勘弁して。お二人はそれでいいんですね？」

「ありがとうございま〜す♡」「よろしくお願いしますわ」

そんなこんなで、ギルドで力試しをすることになってしまった。俺の知る魔法は普段の訓練で目にするディードさんの風魔法と、レンの雷魔法くらいしか知らない。魔獣となら本格的な魔法戦の経験もあるけど、対人戦でどこまで通用するかが心配だ。だけど、負けるわけにはいかない。間違いなく最高のパーティーメンバーを得るチャンスなのだから。

第十二話『精霊召喚』

ギルドの裏の広場にチラホラと観客が集まってきていた。ギルマスもこの設備の魔法障壁では、俺やエルザさんの魔法を止められないことは百も承知だろう。それでも見物に来るような奴らは、それなりに腕に覚えのある奴らばかりのはずだ。巻き添えくって死んでもしらないからな。

「ギルマス！　観客が死んでも文句言わないでよ」

「おうよ！　危ねぇ戦いだってのはみんな知っている。中級以上の腕に覚えのある奴らしか通してねぇよ。心配するな、死んだら自己責任だ」

「やれやれ」

「お兄さん、ワタクシたちが魔法を暴走させるようなことはありませんわ。お兄さんのことは知りませんけど」

「この程度の結界を貫通しない魔法が、俺に通用するなんて思わないほうがいいよ」

「あらあら〜、勇者様は〜すっごい自信家なんですね♡ ワタシも本気になっちゃうかもです〜」

「ミオはこの戦いを見ていてください。ワタクシ一人で十分です」

「あう〜ワタシの出番なしなんですの〜」

一対一でやるつもりなのか？ 随分と舐められちゃったな。でもまぁ、そのほうが楽でいい。俺は広場の中央へと足を進める。そこに、ディードさんが大声で叫んだ。

「主ら！ 一対一で此奴に勝てるなどとゆめゆめ思うでないぞ！ 二対一じゃ！ 二人まとめてかかってくるがいい」

「ディード様、よろしいのですか？ ミオは神樹教会でも一〇〇年に一人と言われるほどの武の達人です。しかも、僧侶としての魔導もアルテガ最高峰の実力者。ワタクシの魔法とミオの実力が合わされば噂以上のものを目にすることとなりましてよ」

「フン、それでエリクシルドラゴンを討ち取れておらんのじゃろ？ アルテガの紅蓮と白銀などと呼ばれても、たかが知れておるわ。それに、主らも噂以上のものを目にするじゃろうよ。そのムッツリは、我らが三人がかりでないと、まともな立ち合いにもならぬ。わずか一年の間であっという間に吾の実力を超えていきおった化け物じゃ。油断しておると実力を一切出せずに敗北することになるぞ」

「化け物………月光の弓弦と呼ばれるディード様がそこまで仰るのですか………。わかりました、油断は一切せず、二人でお相手いたしましょう。参りますよミオ」

「ガッテンです！」

「もうミオッ！　アルテガの子女として恥ずかしくない言葉遣いをしてください」

「えへへ～、エルザちゃんごめんなさ～い。さぁ勇者様、ワタシたちは準備万端ですよ～」

ディードさんの余計な一言で、向こう様は油断なくヤル気スイッチ入っちゃった感じだな。

「はぁ、自分も準備は整っていますよ。ギルマス、開始の合図をください」

「おおっ、俺がこの仕合の合図を出すのか？　いいじゃねぇか、こういうの一回やってみたかったんだ。よっしゃ～いくぜ～～～『始めッ！』」

こうして『力試し』という名目の『仕合』が始まった。

※

開始の合図と共に、エルザさんとミオさんは弾けるように間合いをとった。魔法戦を挑むのであれば当然と言えば当然の動きである。そんな中、俺はあえて不用意に間合いを詰めにかかった。

「ミオ、近づけさせないで。『イル・フレイム《上級火炎雨》』」

エルザが放つ炎の上級魔法は、非常に有名でド定番の範囲魔法だ。ただし、規模が非常識なレベルである。広場の半分を覆い尽くすような広範囲に火球を飛ばし、その火球が一気に誘導弾のように襲いかかる。魔法で受けるか、超速で魔法の間合いを抜けるかの二択だ。後者を選んだ俺は、エルザに向かって飛び出す。

「させません！」

ミオが間に入り、俺の頭を見事に抑える。そこから繰り出す攻撃は、まさに鉄拳。まっすぐ、俺の顔面目掛けて正拳突きが打ち込まれた。

首を逸らして紙一重で躱すものの、続けて肘・膝・蹴りと瞬く間に三連打を浴びせてくる。想像以上に速い。この間合いならメルビン以上のスピードか。俺は足を止め一手一手丁寧に躱すが、足を止められたため、上方から炎の誘導弾が雨のように降り注ぐ。エルザの魔法攻撃も見事にコントロールされていた。俺は盾を構えて、身を捩りながら誘導弾の雨にあえて突っ込んで対応する。

「当たりました♡」

「ミオ！　油断しないでッ！　あの人はわざと受けています。ダメージはありませんわ」

「了解で〜す」

ミオの虚を突いて攻撃しようと考えていたが、あちらさんに油断はなさそうだ。俺は地を駆る勢いで熱風を振り払い、ミオに向かって盾を横なぎに振るう。ミオはわずかに身を反らして躱し、盾に触れながら力をいなして簡単に俺の上体を泳がせた。その隙だらけの俺の横っ面に、ミオの鉄拳が振われる。なんともみっともないが、昭和のコントのようにわけのわからない格好で突きを躱して、急場を凌いだ。

「あらあら〜、躱されちゃいました」

「凄い！　あれを躱しますか」

あぶねぇ！　紙一重だ。この二人、想像以上に強いぞ。こっちは本格的な魔法の『対人戦』自体初めてなのに、向こうにはそれを俯瞰して見るだけの余裕がある。これは、少しばかりギアを上げないといけないか。

俺はミオに標的を定め、再び間合いを詰めて接近戦を挑む。盾は邪魔になりそうなので捨て置き、殴り合い《ステゴロ》の超接近戦だ。

「あらあら〜ワタシと素手で勝負するんですかぁ？　負けませんよ〜」

女の人を殴ることには抵抗を感じるが、武術の練習試合と割り切れば寸止めにしなくてもいいだろう。向こうのほうが場馴れしてそうだし。ミオの突きを躱しながら、こちらもパンチを浴びせていく。だがミオは、俺のパンチをいなしてカウンター気味に肘を合わせて切り返してきた。凄まじいスピードとパンチをいなす不思議な技は、ギリギリ紙一重で躱すので手一杯だ。この距離ではミオのほうが上かもしれないな。そう考えた俺は大きく退いて、間合いを取る。

『イグ・ゾーマ《極大火球魔法》』

待ってましたとばかりにエルザの極大魔法が飛んできた。おそらく二人で戦う時の必勝のパターンなのかもしれない。

俺は魔法結界を展開して、受けて立つ。

『イグル・キングダム《絶対魔法防御》』

極大の火球が俺の数メートル手前で爆散する。足元の辺りだけ残し、爆散した炎が地面を焼き尽くしていた。魔物が使う極大魔法を遥かに上回る超絶高火力だ。可愛いらしい女の子なのに、魔力も火力もエゲツない。

「スゴイスゴイ！　絶対魔法防御まで使うんですの？　ワタシの攻撃も全て躱していますし、本当に強い勇者様ですネ」

「本当に………ワタクシの極大火球を易々と………。ムッツリしているだけではありませんのね」

ムッツリ言うな！　とは言え、ちょっと受けに回りすぎたかもしれない。なんとなくミオの武術の秘密もわかってきたし、そろそろ攻めに転じないとな。

「それじゃあ、そろそろ反撃させてもらおうかな。『アトミックボム』」

超古代兵器から『スティール』したスキル『アトミックボム』。魔法より溜めを必要としないうえに、極大火球を上回る火力を誇る凶悪なスキルを、エルザ目掛けて解き放つ。流石にこの間合いからの直撃はないだろうが、避けるか守るかしないと死んじゃうぞ。

「イグ・フレイウォール《極大火炎壁》」

エルザの数メートル手前で爆散した火球が、後方の観客席を吹き飛ばす。慌てて冒険者たちが、蜘蛛の子を散らすように逃げ出した。

結構デンジャラスな攻撃だったはずだが、エルザは問題なく防御し切ったようだ。大した魔力だな。

「初めて見る魔法です。エルザちゃん大丈夫です？」

人の心配をする余裕は与えない。俺はミオとの間合いを一気に縮め、近距離から魔法を叩き込んだ。

『イル・ヴィントランプ《上級風刃乱舞》』

「ふえっ『イグル・キングダム《絶対魔法防御》』」

スゴイ反射神経だ。絶対当たったと思ったのに、あの距離で防御魔法で切り返すセンスは天才的だな。だけど、その分間合いは詰めさせてもらう。俺はミオの腕を取り、すかさず柔道の一本背負いで投げる。

丁寧に、手は離さず地面に叩きつけるように。

「クゥッ、いったーい」

ミオの打撃は厄介だ。打ちついなす奇妙な技。こちらのパンチをいなすと同時に、上体を流してこちらの体を泳がすのだ。メルビンの剣技にも似たようなものがあって、最近ようやく攻略できるようになったばかりだから対応ができた。その経験がなければ、刀を抜かざるを得なかったかもしれない。

俺は刀の鞘をミオの首元に突きつけて尋ねた。

「降参でいいね？」

「あらあら〜、負けちゃいましたぁ〜」

これであとはおでこちゃん一人だ。魔法の撃ち合いでもしてみようか？　冒険者たちが逃げ回る姿はなかなか滑稽だし。

「ワタクシはまだ負けておりませんわ！　この手を使うことになるとは思いませんでしたが、やむを得ません『精霊召喚・サラマンデル』」

エルザが真っ白な手袋を外す。その手の甲に光の粒子が集まると、竜だか蜥蜴だかわからない微妙な容姿が象られた。そして、そこから感じられる魔力は、強力なエルザの魔力を遥かに上回っている。

『精霊召喚』は初めて見た。高位の魔導士が稀に精霊と契約することで、別次元の強さを手に入れるってレンから聞いたことがある。まさかエルザが精霊と契約しているとは思わなかったが。『スティール』したい欲求にかられるけど、恐らく契約なしでは使えない類のスキルだろう。炎以外の魔法が使えなくなるくらいのリスクもあるだろうし。何より彼女が仲間になるのなら、俺には必要のないスキルのはずだ。

「危ないんでぇ、ワタシ場外に出ちゃいますね〜」

「ええ、そうしてください」

ミオが慌てて撤退する。

精霊召喚の巻き添えを喰らいたくないのだろう。絶対魔法防御を使えるミオがこうも慌てて撤退するとなると、精霊召喚は相当ヤバイんだろうな。

「炎の大精霊ラスカルを召喚した以上、命の保証はいたしかねます」

「いや、精霊の名前……まあいいか。受けて立ちますよ」

「いい度胸だ！　僕のかわい子ちゃんを随分と可愛がってくれたみたいだね。今度は僕が君を可愛がってあげるよ」

まさかの蜥蜴が喋り出す。オスなのかメスなのかよくわからない中性的で子供っぽい声だ。

「それ、喋るんですね」

「ええ、お喋りなのがたまに傷なんですの。でも、強さは想像を絶しましてよ」

「そうだぞ！　僕は強いんだ」

「でも、エリクシルドラゴンには敵わなかったんでしょ」

「う〜、アイツは変な術を使うから前は不覚を取ったけど、次やったら負けやしないやい」

「左様で」

「信じてないなぁ〜。僕の力を見せつけてやる。喰らえ『カッ』」

蜥蜴の目が光ると、閃光が迸る。魔法なんて次元ではなく、ほぼレーザービームだ。超熱線の軌跡に触れないよう、慌てて身を捩って躱す。俺の後方の壁に光が収束すると壁が風船のように膨れ上がり、最後はマグマのように溶けた壁が爆散する。今度は俺の後方にいた冒険者たちが逃げ回っていた。

「よく躱したね。でも僕の力はこんなもんじゃないぞ」

「そうなの？　もう十分強いと思うけど」

「そうだ、僕は強いんだ。ん、お前、なかなか話がわかるな。今なら降参すれば許してあげるよ」

「大丈夫、俺はエルザさんとミオさんにエリクシルより強いって証明しなくちゃいけない。ラスカルには負けてられないんだよ」

「今のを見て僕に勝つつもりか！　やれるもんならやってみろい」

「言われなくてもやってやるさ『アトミックイレイザー』」

超古代兵器はシグマだとかオメガだとアルファだとかシータだとか、とにかくいっぱいいた。片っ端から『スティール』しているので、様々なスキルを覚えさせてもらっている。『アトミックイレイザー』はその中でも、高出力の拡散ビームというのが一番イメージにしっくりくるスキルだ。あの蜥蜴が防御スキルなしだとヤバイかもしれないが、何もなしにこちらの攻撃を促しはしないだろう。

「ウワッ!?　『イグル・キングダム《絶対魔法防御》』」

流石は大精霊、絶対魔法防御持ちだ。全て防御しているが、爆散する砂埃で二人が見えなくなってしまっている。この隙に俺は一気に間合いを詰めて、刀の鞘でラスカルの頭をコツンと小突いてやった。その瞬間エルザはビックリして尻餅をついている。

「どう？　俺の勝ちで大丈夫？」

「ええ、ええ……今の速さはとても素晴らしいと思いますわ。目の前に突然現れたように見えました」

「う〜、今のはちょっと油断しただけだ！　僕はまだ負けてないんだぞ」

「ラスカル、その油断が負けなのではありませんか？　この期に及んで負けを認めないなんて、大精霊としてみっともないのではなくて？」

「ムゥ〜……君がそういうのなら仕方ないか。じゃあ、この場はお前の勝ちにしておいてやる。だけど僕の本当の実力はこんなもんじゃないんだからな」

「エリクシルドラゴンを退治するときにその力を見せてよ。仲間だったらこれほど心強い精霊さんもいないからさ」

「お前精霊の本当の力を知らないのに、よくそんなこと言えるな」

「精霊召喚は初めて見るけど、実は精霊とは過去に何度か戦ったことはあるんですよ。海王リヴァイアサンとか大地の精霊タイタンとかね」

「リヴァイアサンにタイタンだと！　大精霊じゃないか。アイツらと戦って勝ったのか？」

「勝ちましたよ。契約はできなかったけどね。だからラスカルの真の力はわかっているつもりだよ」

「お前、思っていた以上にやるな。いいだろう！　この娘と共に戦うのならば、その時は僕の本当の力でエリクシルの奴を焼き尽くしてやるさ」

「頼むよラスカル。エルザさん、さあ立って」

俺は尻餅をついているエルザに手を差し伸べる。エルザは何か迷っているようだ。

「エルザさん、どうかしましたか？」

「勇者のお兄さん、実はワタクシサキュバスの先祖返りなんですの。手袋をせずにお兄さんの手を取ると『エナジードレイン』が起こってしまいます。ですから、その手を取ることはできませんの」

「大丈夫ですよ、俺はエナジードレインの耐性を持ってますから」

「!?　………本当ですの？　そんな人がいるなんて初めて聞きますわ」

エルザが迷っているみたいだから、俺は勝手にエルザの手を取って引き起こした。指先まで滑らかで、とても白いスベスベな肌だ。

「まぁまぁ、本当ですのね。ワタクシに触れられることのできる方がいらっしゃるなんて」

「ご両親はどうしていたんです？」

「ワタクシの先祖返りは後天的なものだったので、一〇歳になる頃までは普通に生活できていたのです。先祖返りとはいえ貴族の家にサキュバスが出たなんてことが知られれば、我がメイプルハート家は今後どの貴族とも婚姻関係を結ぶことができませんでしょう？　ですので、お父様はワタクシをアルテガの大賢者様にお預けになったのです」

「エルザさんは貴族様だったんだね」

「ええでも、それからすぐにメイプルハート家はエリクシルドラゴンに攻め入られて、一門の者は悉く………」

「それで、エリクシルに復讐したいんだ」

「勿論それもございます。ですが、大賢者ルパ様の一番弟子として、アルテガを襲うエリクシルは許すことはできません。この身を捧げてでもエリクシルを倒すと誓ったのは、ワタクシ自らの誓いなんですの」

「わかりました。一応リーダーに確認は取りますが、今後キャロ・ディ・ルーナはエリクシルドラゴンの討伐を第一目標として動くことをお約束しますよ」

「ありがとうございます。肩の荷が降りてホッとしましたわ。それに勇者のお兄さんが理知的な方で本当に良かったわ」

「えっと、俺ってどんなイメージを持たれてたんですかね？」

「奴隷ばかりのパーティーと伺っていたので、貴族の冒険者のように自分勝手でワガママな方だったらどうしようと思っていましたの」

ウムウムと頷きながら、ラスカルの口が開く。

「もしそんなヤツだったら、たとえ強くたって僕が焼き殺してやるって言っていたんだ」

「自分勝手でワガママか………」

もしレンがいなかったら、そうなっていたかもしれないな。

「この手合わせ、ワタクシたちの完敗です」

「どちらも怪我がなくて良かった。ではみんなのところに参りましょう」

「ええ」

この時、エルザさんは俺の手を握って離してくれなかった。もしかしたら気に入られちゃったかな？　いずれは同じパーティーでやっていく仲間となる予定なので、無碍にはできない。俺はそのまま手を繋いで、みんなの所へと戻っていった。

第十三話『告白』

ギルドの応接室に戻り、俺たちは正式にアルテガからの依頼を受けることとなった。いつエリクシルドラゴンに攻勢をかけられるかわからない状況とのことなので、翌日には街を出たいんだそうな。馬車の手配はエルザさんとミオさんが乗ってきた馬車に乗って行けるらしいので、今日は夜まで旅の支度をしているようだろう。なんだか急に忙しくなってしまったな。

「タカヒロよ、吾は弓矢の補充と武具の整備に行ってくる」

「じゃあ、メルビンはディードさんと一緒に、俺の剣とレンの盾を整備してきてもらおうかな」

俺の剣は既製品の中では最高峰の玉鋼を打った『髭切』という物だが、刃が片方にしかない刀なので、俺の戦闘スタイルとアンマッチを感じていた。それでも宝具と呼ばれる名剣はメルビンに装備させている。正直、剣技のスキルはメルビンのほうが多いし、様にもなっているからね。それに俺は、武器に対するこだわりがあまりない。エリクシルドラゴンを倒せばブレイクブレイドが手に入るみたいなので、そいつでいいんじゃないかな。

「承知」

「勿論、自分の剣もやっておいてよ。特急料金になるだろうから、これを使うといい」

そう言って俺は、金貨の袋をメルビンに渡す。大金貨二枚に金貨が七〇枚ほど入っている。大金貨三枚に迫る大金だ。一般人には一財産だろうが、俺たちは上級冒険者だしね。徹夜でメンテナンスしてもらっても、払うだけの金は充分ある。

「俺はレンを連れて買い物をしてくるよ。何か必要なものはある？」

「吾はミンカンの実を一袋とゲッスの葉もいくらかほしいな」

「いつもの魔除けの香水を作るんですね、了解しました。メルビンは何か入り用はあるかい？」

「ございません、主殿」

「じゃあ、そっちは任せるよ。夕方に宿屋で落ち会おう。行こうかレン」

「ハイ」

こうして自然な流れでレンとデートすることになった。まぁ、レンのほうはデートとは思ってないだろうが………

※

「昼飯まだだし、何か食べてこう。どこか良いお店知ってる？」

レンはメイドの割りに、あまり料理が得意ではない。冒険者としての時間が長すぎたためか、男っぽい豪快な料理ばかりになってしまうのだ。そういう料理は美味しいのだが、繊細なものは全然なので、レンには料理の勉強という理由でお店のリサーチを任せている。最近少しずつ勉強の結果が出てきているが、まだメルビンやディードさんのほうが全然旨い。まぁ、飲食のバックヤードで三年バイトをしていた、俺には遠く及ばないけどね。

「ございます。ここから近いお店ですと鹿肉料理の店と豚肉料理のお店、それとこの間食べた海鮮料理のお店もありますね」

海鮮料理は内陸のこの街では、高価な割りに美味しくない。ほとんどの物が塩漬けにしてから戻すので、全体的にしょっぱいのだ。

「ふ～ん、海鮮はいいや。レンは鹿と豚どっち食べたい？」

「豚でしょうか。鹿は私が捌くにはまだ難しいので、豚肉料理のほうが勉強になります」

勉強熱心なのは良いけど、単純に食べたいほうを言ってくれたほうが女の子としては可愛いんじゃなかろうか？　まあでもデートという名目なら、俺がリサーチして決めておけって話だが……

「じゃあ豚肉料理にしようか。勉強ってんなら煮込み料理なんかが良いかもね。レンはなんかしら振りかけて焼くだけって料理が多いし」

「う～～勉強します」

「焼く前に漬け込む料理なんかも覚えたらいいと思うよ」

「ハイ、勉強します」

メルビンが来てからあまり口答えすることがなくなってきたレンだが、特に料理は俺のほうが上だと自覚しているので素直に言うことを聞く。戦闘や修練に関してはまだまだ口うるさいが、結果俺が強くなっているのでメルビンも戒めることはしていない。前の主人を守り切れなかったことがよほどショックだったんだと思うんだ。レンのためにも、俺は怪我一つしないでエリクシルドラゴンを倒さないとな。

※

豚肉料理のお店はそんなに美味しくなかった。

「こんなもんかねぇ」

「今のお店ですか？」

「うん」

「この町ではかなり有名な高級店なのですが、お口に合いませんでしたか？」

「煮込みは薄味過ぎるし、肉の臭みも消し切れてない。灰汁取りが甘いんだと思うんだよ。焼き料理は肉が硬いし定番の粒マスタードしか味が選べないじゃん。筋を切るか、ハンマーで叩くかくらいのことはしてほしいよなぁ」

「ハァ、そうなんですか。私は美味しくいただけましたが」

「も〜、もうちょっと勉強して〜。俺が魔王を倒して平和になったら、メルビンは解放するつもりだけど、レンには俺のそばにいてもらうつもりだからさ。料理はもっと上手になってよね」

「ご主人様、私をその……ずっとそばに置いていただけるのですか？」

まさか嫌ってことはないよね？　平和になったら、レンとイチャラブできるんじゃないかって期待してるんだけど……

「そ、そのつもりなんだけど……」

「私は、その、平和になったら、ご主人様に捨てられてしまうんじゃないかと思ってました」

「そんなわけない！　俺は平和になったらダラダラ自堕落に生きるんだ。そのお守りはレンにしかできないでしょ」

「ですが、私は醜女ですし、料理は下手ですし……」

「そんなの関係ない。俺はレンのことが……」

流石にもう自分の気持ちには気づいている。俺は間違いなくレンのことが好きだ。見た目云々よりも、誠実で凛とした生き方のレンが好きだ。適度に俺に甘くて、でも時々厳しいレンが好きなんだ。

「私の代わりは幾らでもいます。今日会ったお二人も、近い将来ご主人様に隷属いたしますし、平和になれば性奴隷を購入されてもよろしいのではありませんか」

「レン！　なんでそんなこと言うのさ。俺はレンのこと…」

「ご主人様！　いけません。ご主人様は止むを得ない事故で私のような醜女と初めてをしてしまっただけなんです。その一時の気の迷いで、これ以上ご主人様からお情けを頂戴するわけにはいきません」

「待ってよ、じゃあレンは俺のこと嫌いなの？」

「いえ、いえ、ご主人様はとても素晴らしい方です。私に生きる理由をくださいましたし、温もりも、楽しい思い出もくださいました。ですが、あんなに綺麗な方が二人もいらして、私がお側にいる必要は……」

「俺はレンじゃなきゃヤダよ。俺はレンが好きだから、ずっとそばにいてほしいんだ。なんならあの二人を隷属させてても手は出さない」

「それはいけません。あのお二人はとても高貴な方々です。高貴な方が隷属するということはその身を捧げるということです。ご主人様から閨に誘われないと知ったら、とても傷つきますよ。最悪の場合自害なさるかも」

「いやいや、そんなことないでしょ。それに、隷属の契約に性的なものを入れなければいいんじゃない？」

「それをなさると、ご主人様が男色家なのかと思われてしまいます」

「もう！　そんなのどうでもいいんだよ。レンは俺のこと好きなの？　嫌いなの？」

我ながら面倒臭いセリフを吐いてしまったな。レンの立場で、俺のことを嫌いなんて言えるわけがないのに。

「ご主人様……そう聞かれると、好きですよ。大好きです。でも、これ以上ご主人様のことを好きになって、後から私がいらないなんて言われたら……私怖いんです」

「そんなこと言わない」

「今はそう思っていても、きっとこの先変わってしまいます」

「絶対変わらない」

「ウソ」

「嘘なんかつかない」

「では、どうしてあれから一度も抱いてくださらないのですか？　私の身体が悍ましいからなんでしょう？」

「そんなことはない！　そんなことはないよ。レンを誘えなかったのは、俺がただビビったというか、ひよったというか、意気地がなかっただけで……」

「では、私のこの悍ましい身体でも、ご主人様は抱けるのですか？　平気なんですか？　サキュバスの毒でもなければそんなことできないでしょう………」

「も、もちろん抱ける。寧ろ毎日、レンのことをそういう目で見ていたくらいなんだから」

「本当に？　本当に本当ですか？」

「じゃ、じゃあ今から宿に戻って、その、する？」

「まあ、まあ、本当ですか？　します、いたします。ああ、またご主人様から可愛がっていただける日が来るなんて、レンはとってもとっても嬉しいです」

さっきまでちょっと悲壮感すらあったレンの顔が、急に笑顔に変わっていた。レンは俺に抱かれたかったのか？　俺とエッチがしたかったのか？　そうと知っていれば、もっと早く行動を起こすべきだった。この一年、トイレに篭ってはレンを思って自慰《オナニー》していたのに。

「よ、よし！　じゃあ宿に戻ろうか」

「いえご主人様、そうと決まれば先にお買い物をいたしましょう。そのほうがゆっくり集中してできます」

「う、うん。そうだね」

なんか急に積極的になったんだが………まあいい、なんか勢いですごい展開だけど、久しぶりにこれからレンとエッチができる。ずっとずっと悶々としていた気持ちをぶつけられるぞ。

「いいかいレン、俺はホントにお前のことが好きだから。捨てたりなんてしないから」

「ハイ、信じます。今は信じます」

なんとなく棘の残る物言いだけど、今はそれでいい。レンが信じてさえいてくれれば、俺の気持ちは変わらないのだから。

第十四話『ファーストキス』

「ご主人様、お買い忘れはありませんね？」

「だ、大丈夫だと思うよ」

ディードさんに頼まれたアイテムはＯＫ。ハイエーテルはダース単位で買った。野営用のグッズも一通り揃えたし、今のところ買い忘れは思い浮かばない。

「では、急いで宿に戻りましょう」

「うん、戻ろっか」

普段レンの買い物は優柔不断で、意外と時間がかかる。ハイエーテルの瓶を一本一本丁寧に確認したり、メンテナンス用の砥石や脂を一つ買うのに五分はかけていた。メイド服の新調の時などは、生地選びとデザイン選びで半日以上かかったものだ。しかし、今回の買い物の手際の良さはどうだ。店にいた時間は、トータルしても一〇分もいない。妙にテンションが高いし、これは俺とのエッチが楽しみということで間違いないよな。まぁ、レン以上に俺も楽しみなんだけど……。

なかなかの速度で街中を進んでいくレン。前の世界の競歩を思い出す速度だが、荷物を持っても姿勢の良さは一切崩れていない。メイドとして身に付いた所作は、どんなに急いでいても崩れないのだろう。そんなことを思っているうちに、あっという間に俺たちの泊まっている宿に到着してしまった。自分で望んだこととはいえ、これからいざエッチとなると急に緊張してきてしまう。ちゃんと勃つよな？　多分、大丈夫のはずだ。毎日レンを想って三回以上自慰《オナニー》している。すぐイッちゃって引かれないかな？　早いのは多分レンも知ってるはずだし、大丈夫、何回戦か頑張れば大丈夫のはずだ。とはいえ、上手にエッチできるか不安で不安で仕方がない。あの時はサキュバスの淫毒とその場のノリがあったし、レンが意外と積極的だったもんなぁ。でもこの段階で『やっぱ怖い』とかは流石に言えない。それではあまりにもレンが可哀想だ。

「ご主人様？　いかがしましたか？」

俺の不安を察したのか、レンが心配そうな顔で俺の顔を覗き込んでくる。片方しかない瑠璃色の瞳が潤んでいるように見えた。

「う、うん大丈夫。ちょっとドキドキしてきちゃってね」

「ドキドキですか。私も、とってもとってもドキドキしています。心臓が口から飛び出てしまいそうで……………」

「そ、そうなんだ」

レンも俺同様に緊張しているのか。そりゃ、女の子がこういうことする前にリラックスしているはずもない。そんなのお仕事でやっている人くらいだろう。やはり、俺のほうが主人としてリードしなきゃな。

「でもご主人様、レンはそれ以上に嬉しいんです。一年も何もなかったから、私はご主人様から女としては見られていないのかと思っていたので………」

「それはホントごめん。レンのことはずっと女の子として見てたよ。好きな女の子としてね。その辺りを意識しちゃうと、なかなかね、なかなか勇気が出なくてね………」

レンが俺のほうをじっと見つめて聞いてくれている。好きな女の子って伝わっているよな。俺と目があった瞬間、レンはニッコリと微笑んだ。可愛い。顔の火傷も身体の傷も痛々しいのは知っているはずなのに、ググッと胸を掴まれたような可愛い微笑みだった。

「ご主人様、お部屋へ参りましょう。お湯の手配は後にいたします。きっとすぐ汚れてしまいますので……………」

宿屋の前で話すような内容じゃなかったかもしれない。あとすぐ汚れちゃうって、俺が早漏ってことなのかな？　レンは俺が早漏と知ったうえで、それでも良いってことなんだよね？

レンは俺の思考など無視して、宿屋の扉を開けて中へ入っていく。ここまで来たらうだうだ考えても無駄だ。もう俺は童貞じゃない。自信を持ってエッチしよう。ずっと想っていた、エッチなことを思いっきりしよう。そう覚悟を決めて、俺はレンの後を追って宿屋へ入っていった。

⁂

荷物を置いたレンは、いそいそとベッド周りの確認をしているみたいだ。テッシュの代わりの使い古しの手拭いだとか、枕の位置だとか、シーツの乱れだとかを直している。レンもやっぱり緊張しているんだなぁ。

俺も覚悟を決めたんだ、主人としてリードしてあげなきゃな。

「レン、こっちにおいで」

俺はベッドに腰かけて、自分の隣をポンポンと叩く。

「ハイ」

レンは俺が指示した、逆側の隣に腰を下ろした。なるほど、こっちじゃないと傷のあるほうが俺に向いちゃうな。それにしても、レンから女の子独特のいい匂いがする。なんでもディードさんから、香水をエチケットとして身につけるように言われているらしい。冒険者は何日も街に帰れないこともあるし、街にいても毎日入浴するわけでもない。女性のエチケットとして、香水をするのは常識なんだそうな。

「レンはいい匂いがするね」

「えっと、ディード様から香水を分けてもらっています。その香りだと思いますよ」

「かもしれないね。でも前に嗅いだレンの匂いだとも思うんだよねぇ」

「ううぅ〜匂いはいいですから、嗅がないでください。恥ずかしいです」

「う、うん、ごめん。ごめんね……」

俺の不用意な発言で微妙な空気感になってしまった。女の子の匂いを嗅いで、興奮しているヤバイ奴と思われちゃったかもしれない。

「ご主人様の手、とても綺麗」

「そ、そう？　普通だと思うけど」

「初めてマッサージをした時に、ご主人様の手を握りました。その時からとても綺麗な指だなぁと思っていたんです。スベスベで、スッと長くて、でも握るとちゃんと男の子の手なんです」

「男の子ですよ〜」

ちょっとだけ躊躇しつつ、レンの右手に被せるように左手を添える。左手は添えるだけ。

レンは俺のほうを見上げると、ゆっくり手を握ってきた。俺も手を握り返しながら、レンを見つめ返す。

このタイミングだ！　このタイミングしかないぞ！

「レン、あの、チューしたい」

漫才師が滑った時のような、危険な空気感が漂う。首筋を冷や汗が流れ、背筋をブルリと悪寒が走った。

「ンフフ、ご主人様。こういう時は黙って口づけで良いと思いますよ」

「そ、そうなの？」

「だと思います。あと、できれば目を閉じてほしいですけど……」

「う、うん」

目を閉じながら右手をレンの頬に添えて、ゆっくりと唇を重ねる。触れるだけの優しいキス。サキュバスの毒の時は多分キスをしていないから、ファーストキスってヤツじゃないか？

「ご主人様、鼻息がこそばゆいです」

興奮して、鼻息フンフンしちゃってたか？　恥ずかしいんですけど……

「あぁ、ごめん」

「謝らないでください。私初めてなんです、キスするの。ご主人様が初めての方で、とっても嬉しいんですから」

「俺も初めて。母さんとばあちゃんとはもしかしたらしたことあるかもしれないけど、家族はノーカンでしょ」

「ノーカン？」

「数に数えないって意味だよ」

「そうですね。家族はノーカンです」

レンがニッコリ笑顔を向けてくれる。ほっぺから歯茎が見えているけど、補って余りあるほど可愛い。勃つかどうかの心配は、全く必要なさそうだ。既に息子は痛いくらいテントを張っている。

「もっかいしたい」

「ハイ、私も」

左手でレンの右手を恋人繋ぎしながら、再び覆い被さるように唇を重ねる。今度はチュッチュチュッチュと何度も。唇の総面積が小さいからかもしれないが、チョンチョンと先が触れるだけのキスだ。ハリウッド映画のクライマックスにするみたいな、ブチューってするベロチューをしたいんだが、言って大丈夫かな？

そう考えていたら、レンのほうから舌でチョンチョンと唇を突っついてくる。それに合わせて口をそっと開くと、舌が口の中へ入ってきた。

「んッちゅッ、ぶちゅっちゅンンッふぅ」

なんかすごい、レンの舌が俺の舌に絡み付いてエッチな音を立てている。唇がガッツリ重なって、俺の唾液を吸い出すように舌も吸い出していた。なんか、映画で見たようなチューってスゲーエッチなチューだ。

俺も負けじとレンの舌を吸う。

「ぶちゅっちゅっちゅぅ、ちゅっちゅむちゅう」

俺が握ったはずのレンの右手が、強く握り返してグイグイ引っ張ってくる。手首から先のない左手で、俺の脇腹あたりをグイッと引き寄せてもきた。レンが積極的だ。でも流石に体勢が辛いので、唇を離して少しだけ距離を取る。唾液の橋が銀色のアーチを描いて、ゆっくりと落ちていくと突然プツリと切れた。

「はぁ、ご主人様、キスって素敵です」

「レンが積極的でビックリしちゃった」

「私キスが好きみたいです」

「うん、俺もレンとのチューは凄くドキドキするし、頭がポーッとして気持ちいい」

俺はこのタイミングでレンをベッドへ押し倒す。なんだかさっきは主導権をレンに取られたみたいだったけど、ここからは主人として攻めに転じないとな。

「ご主人様、もっと………もっとキスしたい」

「レン、好きだよ」

そう言いながら、今度は完全に覆い被さってからのベロチューだ。レンの甘い香りと、俺たち二人の唾液の匂いが混ざって、なんともエッチな匂いに変わる。俺は夢中でレンの舌を吸い、レンも夢中で俺の舌を吸っていた。ひとしきりお互いの舌を吸い合うと、ふとレンの胸の膨らみを胸元に感じた。片方しかないレンの胸だけど、信じられないくらい柔らかくて綺麗な形なんだよな。そんな感触を楽しんでいると、レンの太ももが俺のテントに優しく触れてくる。

「ご主人様、とっても硬くなってます」

「えっと、うん。レンと久しぶりにこういうことするから、ちゃんと勃つか心配だったんだけど、余計な心配だったね」

「ハイ、とっても嬉しいです。ご主人様……その、お口でいたしましょうか？」

「う～ん、今はいいかな。それより俺、レンの裸が見たいな」

「私の身体は、見ても楽しめないと思いますけど……」

「そんなことないから。俺、ずっとレンのオッパイ見たかったんだ」

「……承知しました。その、脱ぐので……」

「うん、どくね」

折角押し倒したんだけど、今の俺ではメイド服を上手に脱がせられない。ここは大人しくレンが脱ぐのを見ていよう。

レンがスッと立ち上がると後ろのリボン留めを上手に解いていく。エプロン部分が外れると、シュルシュルと流れるように服が床に落ちていった。片手なのに器用なものだ。下着とガーターは残し、ほぼ全裸の状態となると、右手で胸を隠してしまった。

「レン、隠すと見えないんだけどな」

「まだ陽が高いので、とってもとっても恥ずかしいんです」

「暗くても俺、夜目が利くからあんまり意味ないぞ」

「もう、ご主人様のエッチ」

「うん、エッチだから見せて」

「も〜〜〜」

レンが諦めたように右手を胸から離した。プルンッと揺れる見事なオッパイ。見るからに柔らかそうで、先端のピンク色の乳首がちょっと大きくて堪らない。

「綺麗だ。とっても綺麗だよ」

「私のオッパイは一つしかありませんよ」

「片方しかないのは本当に残念だけど、その分こっちのオッパイをいっぱい愛そう」

「もう」

「レン、触っていい？　ハムハムしていい？」

「はぁ、私の身体は全てご主人様のものですので、お好きにどうぞ」

棒読みでそんな台詞を吐かないでほしい。

「引かないでよ〜」

「そんなにオッパイが好きなんですか？」

「うん、超好き」

「前みたいに噛まないでくださいね」

サキュバスの毒抜きの時にガブリと噛んだらしいが、俺はあんまり覚えていない。レンはオッパイが両方ともなくなると思ったみたいだ。

「少しも噛んじゃダメ？」

「少しだけならイイですけど……」

少しならいいんだ。やっぱりレンは俺に少し甘いかもしれないな。

「じゃ、失礼しま〜す」

我ながら童貞みたいな台詞だなぁと思いつつ、フルフルと揺れる柔らかな果実に優しく触れる。ヤバイですネ、超柔らかいですネ。なんとも言えない心地よさ。ベッド一面がこのオッパイだったら、一生起き上がれないかもしれん。それほどまでに柔らかくて張りがあった。

「レン、スゲーやらかい」

「そのお知らせはいりませんから……アンッ」

指先がピンクチェリーを掠めた瞬間、レンが一瞬エッチな声を漏らす。もしかしたら、先っちょが相当な弱点なんじゃないか？　そう思ったら居ても立ってもいられない。少し大きめのピンク色の乳首を、亀◯人様のようにツンツンしてみる。

「ヒャッ、もうご主人様ッ！　そこは触っちゃダメ」

「ヤダ〜もっと触る〜〜」

「イヤッ……ヤンッ」

今度は乳輪をなぞるように指を這わす。レンはビクッと可愛い反応をしつつ、背中を反らせている。乳首がコリッと硬くなり、なんだかとってもエッチなオッパイに見えてきた。この先端を舌先で舐めようか指でコリコリしようか迷ったが、我慢できずにパクリと口で頬張る。俺は唇に感じる硬くなった乳首をチュウチュウ吸いながら、舌先でチロチロしつつ、左手で大きな乳房を下から揉みしだいた。

「ウッンンッ……ハア、ご主人様優しく、痛くしないで……」

ちょっと夢中になりすぎて痛くしてしまったみたいだ。落ち着いて、ゆっくり優しく舌先で舐らねば。

「アッ……ハイ、ご主人様気持ちいいです。それくらい優しく……ンンッ」

チュッパチュッパしたり、指先で転がしたり、鼻先で乳首をツンツンしたりと、一通りやりたいことをしつつ、レンが気持ちよさそうな瞬間を探る。段々と興が乗ってくると、オッパイが一つしかないことに少しばかり物足りなさを感じてしまうな。欲を言えば両手でモミモミしたいし、寄せた谷間に顔を埋めたり、左右右左とチュッパチュッパしてみたいものだ。こればかりはないものねだりなので、できうる限り片乳を楽しむしかない。だけどそろそろ俺のテントがパンパンで、我慢も限界だ。

「ンちゅっぱ……………ふぅ。レン、もう俺したくなっちゃって」

「ご主人様、私も、私もご主人様がほしくて………」

レンも小股がムズムズしているらしく、内股になった付け根のところをモゾモゾさせている。俺はパッと身を引くと、うっすら肋の浮く白い肌と赤黒い炭化した皮膚が目に入ってきた。痛々しい所は無視して、脇腹からおへそのあたりに向かって愛撫していく。おへその下辺りから、パンツにかかる辺りを舐るとレンの身体がビクッと弾けた。レンはおへその下が弱いかもしれない。弱点発見だ。

パンツの淵に沿って舌を這わし、そのまま太腿のほうも愛撫をしていく。時折、細い太腿に頬擦りもしちゃうぞ。絹のようにスベスベの肌に同居する、ムッチリした感触がたまらなく気持ちいいのだ。

さて、もう愛撫は充分だろう。いざ！　レンのパンツを脱がしていこう。愛撫の流れからパンツの結び目の端を口で挟み、ゆっくりと解いていく。まずは右側、そして左側………すると、レンの右手がパンツごと小股の中心を押さえ込んだ。

「ご主人様ぁ……お願い見ないで………」

可愛いレンの頼みでも、こればっかりは聞いてあげない。一年振りの弁天様なのだから、観音開きにして参拝しなければいけないのだ。

「イヤです！　俺見たいよ、レンのここ、ずっと見たかったんだ」

「そ、そこは見てもいいですけど……下着は……下着は見ないで……」

にゃんだと!? それはもしかして、パンツが恥ずかしいことになっているということ？ 俺のオッパイ攻撃で、エッチなお汁が染みになっちゃってるってことですよね？ そんなの見たいに決まっているじゃないですか！

「わかった、見ないから腰を上げて」

堂々と嘘をつく自分が、なかなかに誇らしい。腰を上げた瞬間、パンツを奪って染みを確認しちゃうぞ。

「……ハイ、んしょ」

レンが腰を上げながら、パンツを回収をしようとする。勿論そのまま回収させるはずもなく、横取りチャレンジだ。ガッシリとレンのパンツを掴むと、もう片方の手で先ほど見つけたレンの弱点に指先を這わせた。

「アァッ、イヤッ……」

一瞬だけ腰砕けになったレンから、見事パンツを奪い取ることに成功する。そして、握った瞬間からわかる、ネッチョリとしたベタベタ感。俺はパンツを天井に向け大きく広げ、染みの具合をじっくり確認した。凄いエッチだ！ Tバックになるような細い紐パンの装着を義務付けていたので、ほぼ全面シミシミの染みなのだ。糸まで引いていてとっても素敵。

「う〜、ご主人様の嘘つきッ」

「ごめんごめん。でもこんなにいっぱい濡れちゃってたんだ。オッパイ弄られるの、そんなに気持ちよかった？」

「知りません」

プイッと顔を背けるレン。そんな仕草も愛らしい。

「これ食べていい？」

「絶対ダメです！」

今のはマジっぽい怒り方だ。普段カチューシャに隠れているツノが、ちょっとだけ光ったように見えたもの。

「じゃあ、お返しします」

「もう、恥ずかしいんですからね。こういうのはやめてください……」

ちょっと顔がマジ怒りな感じなのだが、こういうのってやめられないよね。

「善処します」

「う〜、絶対またしそうです」

「好きだよ、レン。チュッ」

レンのほっぺにチュッとして誤魔化す。我ながら浅はかだな。

「もう、次したら泣きますよ」

「それはそれでちょっと見たいかも」

「ご主人様は、ホントにいぢわるです〜」

「ふふ、ごめんね」

そういいながら、俺はレンに覆い被さり重なる準備をする。あれだけ濡れていれば、すぐに挿入《い》れちゃっても問題ないだろう。あんな悪戯をしつつも、俺のカウパーも似たようなものなのだ。レンの濡れた茂みに息子を擦り付け、クレヴァスの谷間を確認する。念のため指で確認しながら、一番濡れた膣口に息子をあてがった。

「ご主人様……そこです」

「うん、レン好きだよ」

「私も、ご主人様が大好きです♡」

少しの間見つめ合い、チュッと口づけを交わす。そして俺は腰にグッと力を込めて、レンの膣内へと侵入していった。

第十五話『抜かずの……』

レンの膣内《なか》へと侵入した瞬間、ゾクリとするほどの快感が襲ってくる。濡れていなければキツくて侵入することができないんじゃないかと思うほど、キツキツの膣内だ。あまりの気持ちよさに、思わずけたたましく腰を振るってしまう。

「レンッ、あぁ凄い。気持ちいいッ」

「ご主人様ぁ、いきなり激しいッ！　もっと、もっとゆっくり……アァッ！　ゆっくりしてぇ」

レンの声で、少しだけ冷静さを取り戻す。あっという間に中出ししてしまうところだった。俺は腰を止めて、レンをギュッと抱きしめる。所々爛れて硬い皮膚もあるけど、概ね柔らかく甘やかな女の子の肌を自分の肌で堪能できた。レンも俺の厚みを確かめるようにギュッと抱きついてくれる。

暴発は阻止できたので、少し意識を下のほうに集中させてみる。レンの膣内はとっても温かい。入口が狭くキツく、膣内はほどよい締め付けだ。もしゴムがあったらわからなかったであろう、膣内のザラザラとした肉壁の感触が素晴らしく気持ちいい。

「レン、動くよ」

なるべくレンの膣内の感触を楽しめるように、ゆっくりネットリと腰だけを動かす。体は抱きしめ合ったままが心地よかった。

「ハイ……んっんっあっ…あんっ」

繋がっている部分に意識を集中すると、レンの膣内から愛蜜が溢れてくるのが感じ取れた。あっという間にお互いの茂みがベタベタになり、少しだけエッチなお汁でお稲荷さんまで濡れてきている。女の子ってみんなこんなに濡れちゃうのかな？　それとも、レンが特別感じやすいんだろうか？　俺だけにこんなふうになってくれるんなら、最高に嬉しいな。

『クッチョクッチョ……クッチョ…クッチョクッチョ…クッチョ』

腰だけをゆっくりと動かしているだけなのに、とてもイヤラシイ水音が脳髄に響く。心配していた早漏も、早く動かさなければ大丈夫そうだ。

「ご主人様ぁ好きッ……あぁッもっとあっもっと、んんもっと〜ふぁぁ」

「もっと速いほうがいい？」

「好き、ご主人様好きあぅッアンッ」

好きって言ってくれるのは嬉しいけど、速くしていいのかな？　というか、もう俺のほうが動きたくって仕方がない。少し腰を引いてレンの脚を持ち上げるように体勢を変える。両脚を抱えながらレンの脇の下あたりに手をつくと、より上から覆い被さるような形になった。そのまま体重を乗せて、レンの膣内へと抽送を開始する。転移する前だったら、体力的にこんな体勢は難しかっただろう。ずっと腕立てをしているような体位だけれど、正常位の形ではこの形が一番奥まで届きそうな気がするんだ。

「レン、大丈夫？　体勢キツくない？」

「ひゃっすごッあんっ、だいじょッぶです。あんっ、気持ちいッあっあっあっいっあんっ」

レンの甘ったるい喘ぎ声が最高に昂る。俺は昂りのまま、どんどんどんどん腰の動きが激しくなっていた。

よくいう種付けプレスみたいな体勢でエッチするのは思っていたより大変だが、もう俺の絶頂《オーガズム》はスグそこだ。

おそらくレンもそうなのだろう、キュウキュウに締め付けて俺の解放を促してくる。

「レンッレンッレンッぁぁ」

「しゅき、あんっ、ごしゅじんんっさっぁぁッ」

「イクよレン！　いっぱい、中にいっぱい出すよぁぁッ」

「ハイッくださいッ！　私の中にいっぱい出してッぁぁッイクのイっちゃうのぁぁ」

全身のバネを使い一気に抽送の速度を上げると、瞬く間に快感の波が爆発する。

『ビュクッビュルビュルビュルビュクッビュッビュッビュ〜〜ッ』

我ながら会心の射精感。童貞喪失の快感は脳裏に焼き付いているけど、それを上回るんじゃないってほどの極上の快感だ。頭の中でレンとのエッチを何回もイメージして、ようやくたどり着いたセックス。自分の意気地のなさ、甲斐性のなさが一年もレンと関係を持てなかった原因だが、その分頭の中で何度も何度も抱

いていた。そのイメージが結実する最高のセックスで、最高の中出し。とても高くとても甘い快感の波が、結合している中心点から全身に広がっていくようだ。

「あぁッごしゅ、んんッあぁっあっあっあっまだ続くのぉ？　まだ、あぁ凄くカタイのぉ」

「レン、すっごく気持ちいい、最高だっ！」

　繋がっている股間は、レンの愛蜜と俺のザーメンでグッチョグチョに汚れている。だけど、このまま離れるにはレンの膣内は居心地が良すぎた。俺の息子は吐精を止めても、その硬さは一切失われていないのがその証拠だろう。だけど種付けプレスの格好は、射精後の虚脱した体には些《いささ》かしんどい。俺は気持ちのいい繋がりを意識しながら、ゆっくりとレンの身体に自分の体を預けていく。

「うぅ、はぁ～、とってもとっても気持ちイイです♡　あっ、ご主人様お掃除いたしますね」

　レンはそう言うと、クネクネ腰をくねらせガッチリと繋がりあった部分を引き離そうとする。確かにお掃除フェラは最高に気持ちいい。ジュッポジュッポと尿道を絞るようにバキュームしながら、雁首をチロチロされて気持ち良くないわけがない。だけど俺は…………

「嫌だ、まだ繋がっていたい」

「あんっ、まぁまぁ、ご主人様のがまだ硬いままですね。そんなに私の中がお気に召したんですか？」

「最高に居心地がいいって、俺のオチ○チンも言ってるよ」

「ンフフ、私もご主人様と繋がり続けていると、なんだかとっても心が安らぎます」

「レンのおま○こ最高だよ」

「ご主人様のもとってても硬くて困っちゃいます。あと、こうしてご主人様に抱きしめられると夢でも見ているんじゃないかって思うほど、幸せな気持ちになるんですよ」

「俺もだよ。レンとのセックスは最高に気持ちいいけど、こうやってただただベッタリ抱き合うだけでも、幸せだよ。とってもいい気分だ」

「でも、こんなに硬いのはお辛そうですね。このまま続けていたしますか？」

「うんうん、いたします」

「ンフフ、ではどうしましょう？　後ろ向きになります？　それとも私が上になっていたしましょうか？　このまま向かい合ってもう一度も楽しそうですね」

レンレン積極的！　片目だけど誘うような瞳と、甘ったるい声が少しだけ落ち着きかけた俺の魂を揺さぶる。

「じゃあバックでしよう。抜けないようにゆっくり片足を上げて」

「あっんんっ、ハイ……ゆっくりですね。私も抜けたら嫌です♡」

レンレン楽しそうで何よりです。本当のレンはこんなにエッチな女の子だったんだなぁ。一年も待たせて申しわけなかった。

繋がったまま、ゆっくりと側位に移行する。レンの細い脚がスベスベで、思わず太腿を撫で回してしまった。ちょっとだけ、ビクッと反応しているのが可愛らしい。側位って意外とハマりがいいというか、ちん◯んと膣との相性が良さそうで、レンの最深部に軽々と届いて小突くことができた。

「あっやんっ、ご主人様ぁ、後ろからするんヒャッ！　なかったのですかぁアッアッアンッ」

「この体勢も気持ちいいね。ちょっとこのまま味見していい？」

そう言いながら、既にヘコヘコ腰を振っている。

「もうしてるっんん、ハァハァ、奥に当たるのぉすご〜くおくにぃ〜あぁっ」

「平気？　奥は痛かったりする？」

「いえ、いえッあぁ……あんっ。痛くないいいっ！　気持ちいッあぁッあっあっ」

側位は確かに奥まで届いて気持ちいいし、レンの爛れていない綺麗な側だけが見えて昂るのだけれど、今はやはりバックの気分だな。一年前にした時、目の奥に焼きついたあの美しい括れとプリンとした小尻。アレを引きつけながらパンパンしたい。

「この体勢も気持ちいいけど、やっぱりバックでしようか？」

「えぇッ?!　もうちょっと、もうちょっとでイケそうなのに……」

「ダーメ。じゃあ、ゆっくり腹這いになってぇ〜」

「あぁっもう、ご主人様のイヂワルぅ〜」

「大丈夫、バックもきっと凄く気持ちいいよ」

「ハイ、今度はいっぱいイかせてくださいね」

「我儘なメイドさんだなぁ〜」

「一年も待たされたんですよ。ちょっとの我儘くらい許してほしいですぅ〜」

「それはホントごめん。でもその分、これから何百回何千回も嫌ってほどいっぱいエッチをしよう」

「ンフフ、嬉しいです。これからもいっぱいいっぱい可愛がってくださいね」

レンも俺もノリノリだ。エッチが楽しい。そうこうしている間に、腹這いから四つん這いへと体位の移行が完了する。レンのシミ一つない背中から、流れるような括れのラインがメチャメチャ美しく見えた。キュッと締まった小尻はパンパンに肉が詰まっていて、プリンプリンと可愛らしく、食べてしまいたくなるほど魅力的だ。そして、レンが長い髪の隙間から、まだかまだかと視線を送ってこちらを窺っている。可愛いくてエッチで最高なメイドさんだ。

「レン、大好きだよ」

自分で言ってて甘ったるい言葉だが、紛うことなき本心である。その気持ちを乗せて、俺はレンの膣内に繋がったままの息子を一気に奥まで突き込む。

「あぁ来ました！　ご主人様、私も大好き！　大好き！　あぅッ、でも怖いのぉ、あっあっあんっご主人様に飽きられたらぁッ捨てないでぇ」

「またそんなこと言って！　そんな子はこうだ、こうしてこうしてメチャクチャにしてやる」

俺はレンの小尻を鷲掴みにすると、グイッと横に開きながら力任せに引き寄せる。そのタイミングに合わせて、腰を強《したた》かに打ちつけた。

「あっあぅ、あんっあぁあっあっあっすごいッあっあんっ激しいの、激しいのぉあッんんっ」

「これが俺の気持ちだ！　お前が嫌がったって手放したりはしないんだからな！　これからもずっとずっと一緒だ！」

「ヒャい！　ずっといっしょですっ、あうっあうッあっあっあっ、あぁ、またすぐイっちゃいまッすぅ、すぐイっちゃうのぉ」

「まだダメ！　俺と一緒にイクまで我慢するんだ。俺と一緒にイクんだぞッ！」

ご主人様らしく力強く言い放ってはいるものの、実はもうスグに出ちゃいそうなほど昂っている。

「ひゃい、頑張ります。だから、早く早くイッてぇ、一緒にイッてェ！」

レンが俺の動きに合わせて腰の動きを激しく同調させる。と、同時に膣内の感触が激変した。膣内の肉壁が急激に絡みつき、まるで俺の息子を絞り上げるような感触だ。最高だ、超気持ちいい！　一気に込み上がってくる絶頂《オーガズム》の予兆に、俺は一切抵抗せずそのまま昂りの波に飲まれていく。

「イクよレン！　もうイクッイクッ！」

「ワタシもワタシもぉ～あぁッイクッあぁイクイクイクイクイク嗚呼《ああ》イクッ！」

俺はレンの膣内に熱く滾ったザーメンを、これでもかこれでもかと注ぎ込んだ。ビクビクと脈打つ吐精の波に合わせて夢中で腰を叩きつけるが、それ以上にレンの腰がグイグイと押し付けてくる。凄い締め付けと膣内のうねりで、まるで搾り取られているようだ。

「あぁンンッハアハァ～、ご主人様、ご主人様ぁ」

「うん、レンすごく気持ちよかった。すっごくいっぱい出しちゃった」

「レンもいっぱい感じます。ご主人様の熱いのがいっぱいレンの中に入ってるのを感じます」

レンちゃん、エッチなこと言うなぁ。そんなことを思いながら、俺はレンのお尻を広げていた。レンの愛蜜と俺のザーメンが泡立って結合部が凄いことになっている。左右に開かれたお尻の中心に、ピンク色のアヌスが荒い呼吸と共にヒクヒクとしていた。エロいなぁ～とも思うし、息子もまだまだギンギンだ。このまま続けてもう一回とも考えたが、流石にちょっと休憩したい。俺はレンを後ろから抱きしめ、繋がったままゆっくりとベッドへ倒れ込んだ。

第十六話『勇者の小さな夢』

中出しセックスの余韻を楽しみながら、レンと繋がったまま後ろから抱きしめる。最高に気持ちがいいし、華奢な肩周りに唇を這わすとなんとなく心が安らぐ。それにしても俺の息子は元気なままだな。自分でも少し落ち着きたいんだが……

「レン、そろそろ一回抜くよ」

「えッ、は、ハイ、でも少々お待ちください。んしょんしょ」

レンは可愛いお尻を左右に振って、膣をキュッと締め付ける。その後、ゆっくりと前後に動かし、俺のザーメンを搾り取るような動きをした。実際に膣内《なか》の動きに息子が搾り取られるような感覚がする。器用というか、こんなことができる女の子ってなんか凄いな。

「ふぅ～ご主人様、大丈夫です。ゆっくり抜いてください」

「う、うん」

俺は言われるがまま、ゆっくりと息子を抜いた。ピンっと跳ね返る元気な息子は、泡立ちベタベタになって凄いことになっている。そこへすかさず、レンの顔が覆い被さった。

「おッちょっレン、イったばかりで気持ち良すぎる……」

「ぶちゅちゅっ……いけませんご主人様。これはメイドの嗜みです。それに直後が一番悦んでもらえると習いました。気持ちよくありませんか？　ちゅっぱっちゅっ」

「気持ちいいよ、素晴らしい嗜みだけど、アッそんなに強く吸われると、アッちょっヤバイって」

イった直後のお掃除フェラは本当に気持ちいいけど、まだなんか出ちゃいそうでヤバイ。レンは長い髪を上手に使い片側を目隠れさせつつ、上目遣いでチュッパチュッパしている。なんだか楽しそうだし、可愛いし、エロい。

「ぶちゅっちゅぶちゅぶちゅっちゅちゅぶちゅっぱっちゅっぱっ！　ンフフ、ご主人様のまだとっても硬くて逞しいです。あ、たまたまちゃんも汚れていますね。スグに綺麗にしますね」

パクッとレンが俺のお稲荷さんを頬張る。たまたまちゃんが温かい。竿の時と違いバキュームが抑え気味で、舌使いが丁寧だ。このなんとも言えない気持ちよさに抗えず、足を広げて舐めやすくしてしまった。この格好は相当恥ずかしいな。クンニされる女の子は、みんなこんな羞恥心に晒されているのか……。

「ご主人様、恥ずかしい格好ですね」

「うるさいなぁ、このほうが舐めやすいでしょ」

「ハイ、んちゅっちゅッぱぶちゅぶちゅっ　ご主人様少し腰をあげていただけますか？」

「う、うん何すんの？」

「エヘヘ、ペロッ」

「オゥッ」

今、お尻の穴を舐めた！　ちょちょちょっと、流石にそれはバッチいんじゃないかって思ったけれど、想像していたより遥かに気持ちいい。ゾクゾクする気持ちよさで、癖になりそうだ。

「どうですか？　気持ちいいですか？」

「あぁ、すごく気持ちがいい」

「ンフフ、ご主人様とっても可愛い格好ですよ～」

レンは俺の格好を煽りつつ、両足を少しだけ担ぐようにすると、蟻の門渡りからアナルのほうへと舌を這わす。みっともないとか恥ずかしいという感情もあるのだけれど、それ以上にアナル舐めの気持ちよさが優ってしまった。

息子をしゃぶられ、稲荷も舐められ、アナルまで舐められている。今俺、結構凄い体験をしていないか？

いろんなところを舐められて、ひと心地ついたところでレンの唇が俺から離れた。

「ネバネバしていたのは一通り取れたと思います。あとは手ぬぐいで綺麗にしますね」

「ああそっか、今のお掃除してくれてたんだよね」

「ンフフ、お掃除じゃなくて、なんだと思ったんですかぁ？」

「レンに色んなところをペロペロ舐める趣味があるのかと思ったよ」

「ご主人様をペロペロするのは楽しいですから、レンは喜んで犬みたいになりますよ」

「ホント？　じゃあ、たまにやってもらおうかな」

「ハイ、喜んで」

レンが獣人だったら凄いことになっていたかもしれん。ばあちゃんちで飼ってたワンコ、鼻の穴まで舐めてきたもんなぁ。今度、レンに顔中舐めさせてみるのも楽しいかも。

レンはベッドから降りると少し内股気味で、机の上の布巾を取りに行った。普段メイド服を着ているから見えなかっただけで、こんな変な歩き方だったのか？　いや、足音が違うな。なんで内股なんだろう？

「レン、なんでそんな内股で歩くんだ？」

「あ、これはその、ご主人様の子種が漏れないようにって…………」

「歩きづらかったら、先に出しちゃえばいいのに」

「いけません！　奴隷がご主人様より注いでいただいたものを外に出すなんて、無礼なことです。それに勿体ないじゃありませんか」

「いやいや、『勿体ないって』その文化はわかんないよ。どちらかというと俺は、あそこからドロっと垂れ流すザーメンのほうが興奮するし」

「えっと、ご主人様はお股から流れる子種を見ると興奮しちゃうんですか？」

「そうハッキリ言われると俺ってヤバイ奴みたいだけど、有り体に言うとそうかな。レンはさっき中に出したのを溢さないように内股にしてたんだよね？」

「ええ、そうです」

「じゃあ、脚を開くとドロっと垂れてきたりする？」

「えっと、それは脚を開くと漏れちゃいますょぉ」

「・・・」

「見たいッ！」

「ええっ、折角注いでもらったのに出しちゃうんですか？」

「だって、どのみち淫紋があるから妊娠しないでしょ？　だったら視覚的に楽しみたいなって」

「ええ～、頑張って中に留めたのに………」

「だったら、この後またすればいいじゃない？　それに今日からレンは俺と一緒に寝てもらうからさ、夜もエッチ付き合ってもらうし」

「エッ！　本当ですか？　今日からご主人様と同衾してもよろしいのですか？」

「うん、メルビンには俺から言う。これからは毎晩一緒に寝よう」

「まぁまぁ、本当なんですね。それは、とってもとっても嬉しいです」

「うん、だからドロっと垂らしてみて」

「もう、ご主人様ったら。でも毎晩子種を注いでいただけるのでしたら、今頂戴したのは出しちゃっても
……………」

「いいよ、いいよ。じゃ、そこの椅子に片足かけられるかな？」

「もう、問答無用ですね。承知しました。こうですか？」

レンが片足を椅子にかけ、俺のほうにお尻を向ける。お尻の穴からピンクのクレヴァスまで丸見えだ。折角なので近くで拝もうと、ベッドから身を乗り出した。

間近で見ると、レンのクレヴァスは少し充血しているように見える。さっきのエッチは結構濃厚だったから、ちょっと赤くなっているのかもしれない。おま○こってヒリヒリしないのかな？　それと、お尻の穴がヒクヒクするのはやっぱイイ！　エロい。

「ドロッと出てこないね」

「まだ溢さないように閉じてますから」

「じゃあ、俺がそこを開くから、合わせてドロっと出してみてくれる？」

「う〜も〜、恥ずかしいですよ〜」

「大丈夫、俺しか見てない」

「それが恥ずかしいんですよ〜」

「じゃ、引っ張るよ」

「う〜……」

嫌がるレンが堪らなく可愛いな。このちっちゃいの、小陰唇と言うんだっけか？　ピッタリと閉じた小振りなビラビラを、両手でゆっくりと広げてやる。クパッとピンク色の膣口が見えた途端、中からドロっとザーメンが流れ落ちた。糸を引きながら、ビッチャビチャビチャっと床を汚す。意外と水っぽいのか？　結構な量が床に垂れ落ちていた。

「俺こんなにいっぱいレンの中に出してたんだ」

「いえ、まだ入ってますよ。奥のほうに溜まっているのがわかりますから」

「そうなの？　じゃあ指を入れて掻き出してもいいかな？」

「そこまでなさらなくても……」

「レンのここに指を入れたことってまだなかったよね。ちょっとやってみたいし」

「前にご主人様のお顔に跨った時にしませんでしたっけ？」

「一年も前の話は忘れちゃった」

「も〜、でも痛くしないでくださいね」

「うん、気をつける」

思い起こすとシックスナインした時はクンニだけして、指入れはしてなかった気がする。まあ、経験の浅い俺じゃ、AV男優がする『潮吹き』とかは無理だろうしね。一度はやってみたいけど……

俺はレンの膣内にゆっくりと人差し指を入れた。あったかいし、ヌルヌルする。ヌルヌルするのは、ほぼ俺のザーメンだろうけど、もしかしたらレンのエッチなお汁も混ざっているのかもしれない。かといってこれを舐めたいかというと、自分の精子の味がしそうなので勘弁だ。自分の精子の臭いを嗅いだだけでも『ウエッ』ってなるのに、あれをゴクゴク飲んじゃうレンは凄い子だよね。

指を入れて初めてわかる感覚。レンの膣内は入口が極端に狭く、手前側はちっちゃい粒々がビッチリして、ザラザラしていた。手首を返してお尻のほうの肉壁にも触れてみると、こちらもザラッとしている。オナホって皺だらけでザラザラした突起がいっぱいあったけど、あれはあれで意外と女の子の中を忠実に再現しているのかもしれない。オナホと違うのは体温があって、膣内がビックリするくらい動くところかな？

「んんぅご主人様、中で指をグルグルしないでぇ。あっんんっいやン」

後、好きな女の子を抱いたっていう心満たされる感じは、セックスじゃないと絶対味わえない感動だ。

「ごめんごめん。でも、やっぱり指入れるの初めてだと思う。レンの中って指入れてるだけでも気持ちいいし、楽しいよ」

「ふぁ、あんっ。もう、早く掻き出してくださいッ」

「指で中を弄られるの気持ちいい？」

「知りませんッ」

レンがプイッと顔を背けてしまったが、俺の拙い指づかいでもちょっとは気持ちいいみたいだ。今後はレンの膣内の弱点を探っていこう。夜の楽しみが増えて困っちゃうな。

レンの膣内の一番奥に指先が掠める。なんとなくコリッとした感じのモノがあるみたいだ。微妙に人差し指だと掠るだけなので、一度抜いて中指を挿入する。

「あぁ、んっあっ」

「大丈夫？　痛くない」

「大丈夫です、ちょっと気持ちいいだけですから……」

へ〜、ここ気持ちいいのか。とはいえ、あんまり指でゴシゴシするのは女の子的にはＮＧだとエッチなハウツー本に書いてあった。ここはこれ以上穿《ほじ》らず、中のザーメンを掻き出すことに専念しよう。

実際、膣内の奥のほうにザーメンは溜まっていた。クイっと指の腹で中を押し広げると、狭い膣口からドロッとした粘液が溢れ出す。顔を近づけ過ぎたせいか、生々しい臭いが鼻につく。そっと指を抜くと、それに合わせて残りも一気に垂れていった。二回の射精でこんなに沢山出したのかと思うと、自分のことながら引いてしまうな。

「全部出たっぽいね」

「やっぱり勿体ないですよ」

「また後でレンの中に出してあげるからさ」

「ハイ……お願いします」

お願いしますだって。中出しをおねだりされるなんてご主人様冥利に尽きるな。

「ちょっと休憩しようか」

「大丈夫ですか？　主人様の、まだとってもお辛そうに見えるんですけど……」

「こっちは元気でも、俺の体力が続かないよ。普段の修練であれだけレンに扱かれているけど、エッチって別の筋肉使うんだよね。お尻の筋肉がモヤモヤする感じだ」

「ご主人様さえよろしければ、私がいたしますけど……」

「えっと、それは俺が寝てるだけでいいとか、お口でとか、そういうこと？」

「ハイ、この場合は無礼かもしれませんが私が上に乗って、とか思っていました……」

「そんなにしたいの？」

「……えっと、その、ハイ……」

本気《マジ》か！　レンは思った以上にエッチな女の子なのかもしれないぞ。俯いて顔を赤くしているけど、視線は俺の息子をロックオンしているようにしか見えない。

「じゃあ、してもらっちゃおうかなぁ……」

「あぁ、ハイ！　喜んで♡」

俺は改めてベッドにゴロンチョする。ちゃんと枕が頭に当たる位置まで上って、レンを待った。手の置き場に困ったので、頭の後ろで組んでみる。ちょっと偉そうかな？

レンが手に持っていた布巾を枕元のテーブルに置いた。ガッツリ焼け爛れた肌が目に入ってきたけど、今はなんとも思わなくなっている。最初の頃は痛々しいとか思っていたけど、今ではレンの個性の一部でもあるのだ。寧ろ焼けた側を俺になるべく見せないようにする乙女心が、いじらしくて可愛らしい。

「ご主人様、失礼しますね。ホントにカチカチ。おっきくてテカテカしてます」

レンはまだ跨ってはいない。俺のチ○チンを握って、じっくり間近で眺めているのだ。レンの鼻息を息子に感じて、恥ずかしいしこそばゆい。

「その実況いらないから。あと鼻息が荒いからね」

「ごめんなさい。でも、素敵です。ご主人様の逞しくって」

「『オチ○チン』ね。『ご主人様の』じゃ、俺が興奮できないから」

「そうなんですね。オチ○チン、ご主人様のオチ○チン。ンフフ、レンはとってもオチ○チンが大好きになりました」

うわ〜、この可愛い声でオチ○チンを連呼されると昂るわ〜。

「レンはきっと俺よりエッチだよね」

「ハイ、レンはエッチです。ご主人様のカチカチのオチ○チンが大好きな、エッチなメイドさんです」

ヤバイ、急激にムラムラが復活してきた。

「焦らさないで、しゃぶってよ」

「う〜ん、もうちょっと眺めていてはダメですかぁ?」

「ダメ、鼻息がこそばゆくって堪らないんだ」

「ハイ、承知しました。では失礼いたしますね♡」

レンは俺の息子の付け根を右手でぎゅっと握り、下から上にゆっくりと舌を這わす。亀頭のあたりを掠めるとビクッて反応してしまうが、レンは構わず舌を這わし続けた。ゆっくりと楽しみながらペロペロしているのが、息子から伝わってくる。先っちょにチュッとしたかと思うと、すぐに稲荷を口に含んだりして超焦らしてくるのだ。一々俺もビクビク反応してしまうのがいけないんだろうが、レンのオモチャになるのはなかなか癖になりそうなほど、心地いい。それでも流石に限度というものがある。焦らされるのはもう限界だ。

「レン、もう限界だよ。しゃぶって、しゃぶってよ〜」

「ご主人様、何処をおしゃぶりしてほしいんですかぁ？」

やばいくらいレンがノリノリだ。ここは乗っかったほうが楽しそう。

「オチ○チンを、オチ○チンの上の亀頭のところをカプっとおしゃぶりして！」

「ンフフ、フゥ〜。この私の息がかかっただけでビクってしちゃう、オチ○チンのテカテカになってる亀頭をカプってすればいいんですね？」

「そう、そこをしゃぶって！　早く！」

「ハ〜イ、ん〜ちゅちゅちゅぱっぶちゅ、ぶちゅるぶちゅッ」

うぉお〜あったかい。超満たされる。カプっと頬張った途端、凄い勢いのバキュームフェラが始まった。脳髄まで吸い尽くされるんじゃないかと思っちゃうほど、素晴らしい快楽。

「あぁっレンっスッゴイ」

「ンフッ、ご主人様男の子なのに声を漏らしちゃうんですね。可愛いです。ぶちゅぶちゅっちゅっちゅちゅっぱちゅっぱ」

ただフェラチオされるだけなら耐えられるだろうが、レンの可愛いのにいやらしい声が耳に入るたびドンドン昂っていく。このままお口に出してしまいたい。

「レン、お口に出していい？　出したいんだ」

「ええ〜、嫌です。さっきご主人様は私の中に出してくれるって言いましたよ〜。出すのならぁ、レンのいやらしいおま○この中にドピュッてしてくださいネ♡　いっぱいいっぱいレンの中に出しちゃいましょ」

レンの甘える声が、俺の脳髄を溶かしてしまうほどに甘ったるい。エッチだ、レンはもうどうしようもなくエッチな女の子になってしまった。

「出したい、レンのおま○こに出したいよ！」

「ンフフ、ハ～イ♡　じゃあ跨っちゃいますネ。不敬ですけど、許してくださいネ」

「許すから、許すから早く挿《い》入れて！」

レンは俺の竿を握り、自分の股間にヌチョヌチョ音を立てて擦り付ける。堪らず俺が腰を上げて挿《い》入れようとすると、わざとズラして焦らすのだ。

「ねぇご主人様、レンのおま○こ、とってもとってもヌレヌレなのわかりますか？　ご主人様の逞しいオチ○チンをおしゃぶりしたから、こんなにいっぱいエッチなお汁が出てきちゃったんです。責任とってちゃんと私も気持ちよくしてくれないとイヤですヨ」

「あぁ、でも入れたらきっとすぐ出ちゃうよ」

「ダメェ～、すぐにイッたらイヤです。レンと一緒にイクまで我慢してくださいね」

「わかったから、我慢するから挿《い》入れさせて！」

「ンフフ、約束ですよ。ンッあぁホントにすご～く硬いッンンッ、あぁ入ったぁ」

ニュルンッという堪らない感触で、もう出てしまいそうになったが、なんとか必死に我慢する。やっぱり超気持ちいい膣内だ。こんなのレンがイクまで我慢できる自信はない。

騎乗位のままレンが覆い被さってきて耳元で囁く。

「ご主人様のオチ○チン、とってもとっても気持ちいいの。レン、入れただけでちょっとイっちゃいそうです。チュッ、ご主人様大好きです。チュゥチュッ、ンフじゃあ、動いちゃいますよ」

耳を甘噛みしつつ、耳元でなんてエッチなことを言うんだ。ゆっくり焦らすように身体を起こしたレンが、膝を立てて蹲踞する。こうなるとレンと繋がっているのは息子の部分だけだ。

「はぁ、もう一番奥に当たるの。これで腰を動かしたらおかしくなっちゃう。レンのおま○こ、ご主人様のオチ○チン専用にカタチが変わっちゃったのかも。あぁッ気持ちいい、気持ちいいのぉ」

レンがエッチなことを言いながら抽送を開始する。体重の乗ったピストン運動は、急激に俺の息子を締め上げていた。思わずレンの動きに合わせて腰を使ってしまう。

「あっあっあっあんんっご主人様は動かなくていいのにぃ～あっあっイヤン気持ちいいすっごく気持ちイイッです、ご主人様ぁ～～～あぅあぁっ」

「俺も、あぁいいよ。レンやばいイッちゃう」

「もうちょっと、もうちょっとなの！　おま○こおま○こ気持ちいい、あぁっもうちょっとぉ～」

レンの腰の動きがもう一段上のギアに変わる。クッチョクッチョといやらしい水音をさせて、激しいピストン運動が一気に加速していった。

「ヤバイッヤバイッ、レンッ！　俺ッもうアァッ」

「イキますッイキます！　アァッご主人様ぁ一緒に一緒にイッてぇ～アァッ嗚呼イックゥ～～～ッ」

『ビュビュッ！　ビュルビュルビュルビュビュッ！』

自分の意思ではもうどうしようもない快感の波が、精神の防波堤を突き破った。止まらない吐精の波に合わせ、ひたすら腰を突き上げる。レンもそのタイミングに合わせて腰を下ろし、俺のザーメンを飲み込んでいった。

「あぁレン、気持ち良すぎるよ。腰止めてッアウッ」

「いやぁ、まだ出てるのぉ。ご主人様全部レンの中に出して。レンのお腹いっぱいにしてぇ」

レンがスゴイ勢いで追撃を加えてくる。イッてる最中の追撃は、どうにかなってしまいそうなほどの快感だ。思わず変な声が上がってしまう。

ようやく吐精の波が収まり、俺も腰の突き上げを止めることができた。レンも少し落ち着いて、恍惚とした表情を浮かべている。最高だ、最高に気持ちいい。

「レン、おいで。ハグさせて」

「ハイ、ンフフ。私ご主人様のことすっごく大好きです」

「俺も好きだよ」

「………ハイ、嬉しいです………」

返事をするまで、ちょっとだけ微妙な間があるな。

「俺の気持ちは変わらない。だから、今度『捨てないで』とか後ろ向きなことを言ったら怒るからね」

「………ハイ」

レンがピッタリと身体を寄せて強く抱きついてくる。爛れていないほうの頬を俺の頬に押し当て、スリスリと全身を使うように頬擦りをしていた。俺の言葉を信じたいのに、心の底から信じられる根拠がないのだろう。奴隷と主人の関係ならば、仕える側には払拭し得ない不安なのだから。この子が感じている不安は、俺が解消してあげないといけない。彼女の望む勇者としての俺と、彼女に心から愛される人としての俺、どちらの俺もレンに対しては誠実にあらなければ彼女の不安は取り除けないだろう。

「少し喉が乾いたかな。ちょっと水差しを取ってもらえる？」

「ハイ、でもその前にお掃除いたしますね」

「あ、うん」

おぅッ！

※

その晩、『キャロ・ディ・ルーナ』のアルテガ出立前のミーティングで、俺はハッキリと言い切った。

『今後、レンは俺と同衾すること』

ディードさんには「ムッツリがようやく勇気を出しおったわ」とおちょくられてメッチャ恥ずかしかったけど、メルビンは真摯に受け止めてくれた。その勢いで、ディードさんは「吾もメルビンと同衾したい」と言い出したが、メルビンは固辞している。個人的にはメルビンもディードさんのことを憎からず思っているように見えたけど、断ったのには理由があった。

メルビンは奥さんが亡くなって二年ほどなのだそうな。貴族や騎士の世界では三年は喪に服すのが通例なのだそうで、喪が明けるまではディードさんの気持ちには応えるわけにはいかない。また、俺に隷属している立場であるのだから、自身の気持ちで女性を受け入れることもないとも言っていた。

　だからその夜、今後について男二人で話し合った。

「メルビン、俺は魔王を倒したらお前は隷属を解いて解放するつもりだ。だから、その後のことはメルビンの自由にしていいよ」

「主人殿、感謝いたします」

「レンにはそばにいてもらうけどね」

「そのことにつきましても、感謝いたします」

「そうなの？」

「ええ、主人殿ならばきっとあの娘に幸福をもたらしていただけると存じます」

「えっと、ありがと。頑張るよ」

　親ほど歳の離れたメルビンだけど、レンを託す相手としても俺のことを認めてくれたのだろう。こっちの世界に転移して、気のおけない仲間となった、レンとメルビンとディードさんの期待くらいには応えたい。

　まずはエリクシルドラゴン。その後は魔王討伐だ。

　全て終わったら、レンと二人で隠遁生活もいいかもしれない。今度こそグータラ暮らそう。勇者が見る夢としては小さなモノかもしれないけど、間違いなく今の俺には一番の望みなのだから。

第十七話『旅路』

　アルテガまで馬車で約二〇日の行程と、結構時間がかかる。道中の道の整備は整っているし街も点在するが、ゆっくり街や村に泊まれるのは五、六回ほど。後は夜営という名の野宿である。アルテガまでの旅で、脅威となる魔物の心配はないが、盗賊・野盗の類いは厄介だ。まっすぐこちらを狙ってくれればいいが、まず足止めと馬を殺されてはたまったものじゃない。その辺りはディードさんが頼りになる。地理にも詳しく斥候《スカウト》としても超一流なので、丸投げしても安心だ。

そんなわけでアルテガまでの道中は、のんびりする他なかった。もちろん馬を休ませている間に、修練は続けているけどね。ちなみにエルザさんとミオさんも修練に参加している。主に連携を取ることがメインだが、実力が接近しているのでなかなか楽しい。

修練の〆に俺が真面目に剣の型や素振りを毎日数百回としているのを見て、二人はちょっとビックリしていた。過去に残る勇者の伝承では、勇者はギフト頼りであまり訓練などはしなかったのだそうな。そんな話レンからは聞いてないんだけどねぇ。

⁂

「勇者さんのいた世界ってぇ、どんなところだったんですかぁ～？」

少し甘ったるくてキンキンの高い声で、俺のいた世界の質問をしてくるのはミオさんである。馬車の中で、俺はミオさんとエルザさんに挟まれている。俺とレンがいい仲なのは知っているはずなんだが、この二人はお構いなしだ。

「田舎はそんなに変わらないと思うよ。都会は違い過ぎてビックリすると思うけど」

「都会？　ポロの街の城壁よりも高い城壁でもあるのかしら？」

「俺の世界は町を壁で囲んだりはしませんよ。魔物はいないし、自分の国の中じゃ戦争も起きそうもないしね」

「戦も魔物もいない世界ですの？　夢のような世界に感じますわ」

元貴族様のエルザさんは言葉遣いが丁寧だ。貴人らしい仕草も心得ている。小さくて可愛らしい容姿だが、俺より二つ年下の二〇歳だそうな。ミオさんも同い年だそうだが、身長差四〇センチ以上あるから親子くらいに見える。ちなみにこの中ではレンが一番年下の一九歳だ。

「いいですよねぇ～魔物のいない世界。でもでも～冒険者の方たちは商売あがったりですねぇ～」

「仕事は色々ありますよ。おじさんはともかく、少子化社会だから俺たちの世代は仕事にはそんなに困らないかなぁ？」

個人的に就活は順調にいっていたので、仕事で困った印象はない。ただ、まだ大学を卒業していないので、来年社会人一年生となる予定ではあったが。

「お兄さんの世界ではお仕事が選べるんですのね？」

「ええ、職業選択の自由ってのが保証されてます」

「それってぇ～農民の方が、騎士になれたりするってことですか～？」

ミオさんが、淡いピンク色の唇に人差し指を乗せて首を傾げる。背が高くて物凄い爆乳だけれど、性格的にはおっとりとした人なので、そういう仕草が一々可愛らしい。

「騎士かぁ、警官とか自衛隊が近いかな。だとすると、試験を受けて合格すればなれると思いますよ。身長とか年齢制限はありそうだけど」

「まぁまぁ、それは素晴らしいことですねぇ〜」

「う〜ん、どうだろう？　本当にやりたい仕事ができている人ってそんなに多くないと思いますよ。自分の能力と収入を鑑みて、自分に合った仕事を探すってのが普通じゃないかな」

「そうなんですのぉ〜？　それだとぉ、ワタシたちの世界とそれほど大きく違わない〜？」

「ミオ、それは違いますわ。騎士家の者が騎士を目指すのと、農家の家の者が騎士を目指すのでは天と地ほどの差がありますでしょう？　少なくとも農家の者では剣も買えませんし、剣も習えません」

「こっちの世界の農家は生活するのでいっぱいいっぱいに見えますよね」

「ええ、それが普通ですわ。ところでお兄さんの世界では魔法がないとお聞きしましたわ」

「そうですね、魔法はない世界ですけど、代わりに科学という技術がこっちの世界より進んでいますよ」

「科学ですか？　科学とはどのようなものなのでしょう？」

「一言では言い表せられませんね。こちらの世界の魔法みたいなものだと思いますよ。誰でも平等に使えるところが一番違うところかなぁ」

「魔法が誰にでも使えるですって！　ワタクシがどれほどの修練で今の魔力と魔法を身につけたと思ってるのかしら」

それは知らんよ。俺の魔法はほとんどスティールで奪ったものだし、魔力は単純にレベルアップで得た結果だ。それに科学は魔法じゃないし。

「科学は魔法とは似て非なるものですよ。魔法に近しいことができるかもしれないけど、魔力は全く使わないから誰でも使えるんですよ」

「魔力を使わない魔法……」

「そうなんですねぇ～。それじゃそれじゃぁ～……」

こんな感じで、美女二人に囲まれての馬車の旅なんだが、意外なことにレンからの視線は感じない。もうちょっとジェラシーを感じてほしいんだけれどなぁ……

※

夕方の訓練を終え、今日も野宿の準備に入る。テントの準備や晩御飯の支度はメルビンたちに任せ、俺はレンを連れて森に入っていた。夜の間火を絶やさないため、薪を集めるのだ。流石に俺もレンも慣れたもので、あっという間に目標の量は集めている。

「ご主人様、薪の量はもう十分ではないでしょうか」

「うん、十分集まったね」

「では、皆様のもとに戻りましょうか」

「う～ん、もうちょっと二人でお散歩していこうよ。エルザさんとミオさんの質問攻めで少し気疲れしちゃったしさ」

「ハイ、承知しました。ですが、ご主人様は気疲れをなされていたのですか？」

「うん、ちょっとね。ほら俺、基本的に女の人苦手だからさ、まだエルザさんたちと話すのは気を使うんだよね」

「そういう風には見えませんでした」

「俺なりに頑張って、積極的にコミュニケーションをとっているんだよ。でも、こうやって普通に女の人と話せるようになったのはレンのおかげだと思うんだ」

「私のですか？」

「そう。だって、レンと会うまで彼女とかいたことないし、精々仕事先《バイト》の女子と注文のやりとり程度の会話しかしてこなかったもの」

「そうだったのですか？　私を身請けしていただいた商館での振る舞いは、どこかのお貴族さまなのかと思うほどしっかりしたものでしたので、そんなこと夢にも思いませんでした」

「あれはあれで、背伸びして頑張ってたんだよ」

「ンフフ、そう考えるとご主人様、ちょっと可愛らしいですね」

「こらこら、俺はレンより三つも年上なんだから、もうちょっと敬ってくれてもいいんだからね」

「敬ってますよ。敬っていますし、愛してもいます」

おっと、突然愛の告白。まあ、ベッドの上ではお互いかなり恥ずかしいピロートークで盛り上がっちゃってるから、これくらいは挨拶みたいなものだけれど。

「俺も、愛してる」

夕暮れの森でお互いに愛の告白をしあっても、背中に薪を積んだ籠を背負っていると、なんとも間が抜けている。それでも肩が触れ合うくらいまで近づいて、チュッと唇だけ触れ合う。見つめあってはチュッと数回繰り返していると、ひんやりした空気と水の流れる音が感じられた。

「ご主人様、この先に小川がありそうですね」

「マスでもいれば、晩御飯のおかずを追加できるかな」

「参りましょう！」

「ハイハイ、参りましょ」

善は急げとレンが早足で小川のほうへ向かっていく。健啖家ってほどでもないけど、レンは女の子にしては食べるほうだ。それでも鬼族の中では少食らしいけどね。

森が一気にひらけ、小川というよりはちょっとした川が現れた。この大きさなら確実におかずの一匹や二匹はいるだろう。ちなみにどうやって獲るかってのは簡単だ。レンの電撃で簡単に獲れる。

「ここならマスくらい、いそうだね」

「きっとナマズも取れると思います」

「ハハッ、レンはナマズ好きだよねぇ」

「ハイ、肉厚で食べ応えありますから。ちょっと川に入ります」

レンはシュルシュルとメイド服のエプロンを外し、メイド服もあっという間に脱いでいく。もう俺に対する羞恥心とかはないのだろうか？　ブラが存在しない世界なので、着ているものはガーターとおパンツのみである。そのガーターもさっさと脱いでしまい、少し川に入ると、レンは獲物探しを始めた。

夕暮れ時にほぼ全裸の女の子が川に入ろうってのを、俺はただただ眺めている。触れ合う距離なら気にはならなくても、この距離だと痛々しい半身が嫌でも目に入ってしまう。いい加減俺は気にしなくはなったものの、それを見て興奮するかと言われるとなかなかに難しい。それに、凛としたレンが半裸で魚を探している姿はなかなかに滑稽で、エッチな気分になりようもなかった。

どうやらレンが獲物を見つけたようだ。雷魔法を使うタイミングを窺っている。

「います。きっとナマズです。ご主人様、いきます！　イン・ボルト《低級雷魔法》」

レンの手元が光ると、川の中が一瞬光る。ジジッという小さな音がしたかと思うと、プックリとお腹を上向きにしたマスのような魚が浮かび上がってきた。想像以上の大漁だ。慌てて俺も、ズボンの裾を捲って川へ入る。

「オオッ！　大漁だ。俺も拾うの手伝うよ」

「ナマズだと思ったのですが……」

「いやいや、これなら十分十分、十分すぎるよ」

あちこちに浮くマスを小型の竹籠にポイポイと入れていく。これだけあれば、馭者さんを入れても一人二匹は食べられそうだ。

「ご主人様、あそこに何かいませんか？」

俺はレンの指差すほうを見やる。草陰になってよく見えないが、蛇みたいなのがひっくり返っているように見える。

「ナマズは獲れませんでしたが、代わりにウナギが獲れたかもしれません」

「ウナギ!?　でかしたレン！　俺、ウナギ大好き！」

「拾ってきます。ウナギはとても精がつきますもの。流れてしまってはもったいないです」

おう？　レンは夜の心配をしてくれてるんだろうか？　どのみちテントでのエッチは音がダダ漏れになるので、レンにはお口でしてもらうくらいしかできない。変に精がついても困っちゃうぞ。

「キャッ」

バシャーンと大きな水音がしたかと思った瞬間、レンの姿が一瞬消える。

「レン！　大丈夫か？　レン！　レン!?」

ウナギがいた場所あたりから、長い髪の女が幽霊のように浮かび上がる。もちろんレンだ。川の深みにはまって頭までびっしょりになってしまったようだ。それでもしっかり右手にウナギを握りしめている。

「ごじゅじんざばぁ～」

「アハハ、びしょ濡れになっちゃったね」

「う～ウナギに気を取られて、足元の確認を怠りました。不覚です」

「メイド服を脱いでおいたのが不幸中の幸いだね。マスは俺が拾ったから、川から上がろう」

「ハイ」

レンがちょっぴりしょぼ～んとしている。俺はさっき拾った薪に火をつけて暖をとった。

「ご主人様申しわけありません」

「謝ることはないよ。ちょっと失敗しちゃったけど、誰に迷惑がかかったわけでもないしさ」

「ハイ」

レンは薪の籠から手拭いを引っ張り出すと、濡れた身体を拭いている。長い髪を乾かすのが大変そうだ。

「パンツもびしょびしょでしょ。脱いじゃいなよ。乾くまで暖をとっていくから、ゆっくり髪も乾かすといい」

　レンが俺のほうを一瞥すると、頷いてパンツを下ろした。そのままギュッと手で絞り、木を何本か立てて焚き火の近くに干す。レンは落ち込んだようにシュンとしゃがみ込み、生木の棒で焚き火をツンツンしていた。

「寒くはない？」

　まだ夏の終わりの時期だから、この時間でも十分気温は暖かい。ただ、川辺ということもあり、この場所自体は比較的涼しかった。

「平気です。寒くはありません。………失敗してしまいました」

「ウナギを獲る時に深みにハマるなんて、可愛いもんだよ。気にしないでいい」

「ハイ、でも少し恥ずかしいです」

　なんか落ち込むレンも可愛いな。

「出会ったばかりのレンは、凛として物事をハッキリという強い女の子ってイメージだった。でも最近は、結構素を出してるよね」

「情けない姿ばかりで、ごめんなさい」

　ちょっと凹んでいるのは間違いなさそうだ。

「気にすんなよ。レンのおかげで今日は大漁だったんだよ。俺は文句はないさ。ほらこっちおいで、髪を乾かしてあげる」

　クイッとレンの肩を抱き、俺のほうに抱き寄せると後ろを向かせて、髪を手でといてやった。

「ハァ、申しわけありません。ご主人様にお手間をかけるなんて」

「そんなにしょぼくれない」

「ハイ……」

レンは膝を抱えて丸まっている。俺は長い髪を、風の魔法でドライヤーのようにして乾かしていた。夕暮れ時のマッタリした時間が、なんとも言えぬ幸せな時間に感じられる。

「意外にいいモンだね。レンと二人でこうやって、くっつきもせず離れもせずマッタリした時間を過ごすのって、なかなかない時間だ」

「そうですね。ベッドの中だと、どうしても甘ったるい言葉を使ってしまいます」

「うん。きっとこういうなんでもない時間を楽しく過ごせるかどうかなんだよね。恋人同士ってさ」

「恋人ですか？」

「うん、恋人」

「私はご主人様の従者です。お情けをいただくことがあっても、増長して恋人なんて夢にも思ったことはありません」

「なんでよ。寂しいこと言わないでよ」

「もし、そのように思っていただけるのでしたら……いえ、それは仕える者として不敬なことです。いけません」

「もう、そこまで言ったら教えてよ。気になるじゃんか」

「その、隷属の契約を変えていただきたいなって」

「隷属を解いて妻にして〜とか？」

「とんでもない！　そんな恐れ多いことは夢にも思っておりません。ただ、一時《いっとき》でいいので、淫紋の契約を子の成せる契約にしていただきたいなぁって……」

「それって、俺の赤ちゃんがほしいってこと？」

「……ハイ」

レンが消え入るような小さな声で返事をする。隷属契約で淫紋があるから『中出し』し放題と喜んでしていたけど、レンはそんなことを考えていたのか。だから子種が溢れるのをもったいないなんて言っていたのかもしれない。

「そうだね、魔王を倒せたらレンには俺の子供を産んでもらうのもいいかもしれない。正直まだ人の親になるってのは想像もつかないけどさ」

「その、メイド風情の戯言なので、お気になさらないでくださいね。今のは最近の優しいご主人様に甘えた、私の夢というかなんというか……」

しゃがんでちっちゃくなったレンが、より一層小さくなっている。彼女なりに勇気を振り絞って言ったことなんだろう。俺のことをそういう風に思ってくれるなんて、なんだかとってもいじらしい。

「レン、正直すぐに子供とかって想像もつかないけど、きっとずっと一緒にいたらほしくなったりするんだと思う。そう思えるようになるまで、側にいてね」

そう言うと、半乾きの髪ごとギュッと後ろから抱きしめた。

「もう、そんなこと言われると夢見ちゃいますよ」

「うん」

正直子供とかって話は想像もつかないが、レンを好きな気持ちは間違いない。俺はさっきよりも強くレンを抱きしめていた。レンも俺の手にそっと手を重ねて、体重を俺にかけてくる。

「ご主人様、ちょっと魚臭いです」

「ちょっと、雰囲気台なし〜」

「ンフフ、ハイ。台なしですね」

こうやってずっと冗談を言い合える関係でいたいな。心の底からそう思える、魚臭い夜だった。

第十八話『魔法都市アルテガ』

「お兄様、見えてまいりましたわ」

二週間でエルザとミオと仲良くなったのはいいのだが、『勇者のお兄さん』から『お兄様』に呼び方が変わってしまった。妹属性はなかったのだけれど、これはこれで悪くないかもしれない。

それはともかく、見えてきたのは目的の街『魔法都市アルテガ』だ。

「外壁は普通だけど、てっぺんに見えてるのはお城かな？」

「違いますよぉ〜。アルテガに王様はいないので、王城はないんですのぉ。あれは神樹教の大教会です〜。アルテガは神樹様から一番近い街でもあるんですよぉ」

神樹様とは傘が直径一キロくらいある巨大な世界樹で、こちらの世界の信仰を一手に担っている。神樹まで数日かかる距離のここからでも、その巨大なシルエットをうっすらと見ることができた。ぶっちゃけ樹というより山みたいな大きさだ。数百年の昔、魔王軍に攻められアルテガが落ちたこともあったそうだが、神樹様には魔王軍も侵攻しなかったそうな。魔王や魔物からも神聖なモノと思われているのかもしれない。ただ、勇者のスキルは神樹から授けられていることをヒシヒシと感じられる。魔王や魔物からも信仰を集めるのなら、勇者の仕事は必ずしも魔王討伐ではないのかも？　そんなことも思ってしまうな。

「綺麗な街並みだね」

「お兄様、アルテガは世界一美しい街と言われているんですの。白磁のような壁に、美しい瑠璃色の屋根が素晴らしいでしょう？　あの屋根は特別な釉薬を使って、指定の窯元でしか焼くことを許されていないのですわ」

「青と白のぉ、コントラストが本当に綺麗な街なんですぅ～」

「確かに綺麗だ。ねぇレンはどう思う？」

「ハイ、とってもとっても綺麗です。近くで見てみたいですね」

「そうだね。今のところ魔王軍も攻めて来てないみたいだし、一日くらい観光もできるかもしれない」

「それでしたらぁ、ワタシがご案内しますよ～」

「ワタクシだってご案内できますわ」

「じゃあ、お二人にお願いしますよ」

「承知いたしましたわ」「りょーかいでーす」

本当はレンと二人きりで行きたいところだが、今後のことを考えるとこの二人との良好な関係も維持しておきたい。何よりこの街に関しては知識量が違うので、観光ならば案内してもらったほうが楽しめるだろう。

グングン近づいてくるアルテガの街門の前にちょっとした人だかりができていた。その先頭に立つ小さな人影は、ミオと同じ服を着ながらエルザと同じ魔導士のローブを羽織っている。褐色の肌に癖の強そうな銀髪を左右にまとめて、可憐ながらもまだあどけなさの残る顔立ちのドワーフの少女だ。琥珀色の瞳を凛と輝かせ、道の真ん中で威風堂々と待ち構えている。馭者はその少女を知っているようで、その手前で馬車を停めた。すぐさまエルザとミオが馬車を降りて少女に駆け寄る。

「エルザお姉様、ミオお姉様お帰りなさいませ」

「ただいま戻りましてよ、リズ」

「リズちゃんただいま〜」

エルザが優雅にスカートの裾を持ち挨拶をするのと対照的に、ミオはリズという少女に抱きつく。その小さな顔は巨大なたわわの間に埋もれてしまった。なんとも羨ましい。

「ん〜〜っん〜〜っ！　もうッ、お姉様そういうふうに抱きつかれると息ができません」

「あらら〜ごめんなさ〜い。でもぉ、リズちゃんと久しぶりに会えて嬉しいんですもの〜」

「ミオ姉様、ワタクシも嬉しく思います」

なんだかミオのせいで騒がしい再会になってしまったが、リズという少女は『アルテガの紅蓮と白銀』から一目置かれる一廉《ひとかど》の人物のようだ。遅ればせながら、俺たちも馬車を降りてエルザたちの後ろに立つ。それを察したエルザが、感動の再会もそこそこに話し始めた。

「ミオ、いい加減になさい。リズが出迎えに来てくれたのですから、ワタクシたちは勇者様を紹介しないとなりませんでしょう？」

「そうでした〜！　リズちゃん、こっちのエルフさんがディードさんで、こっちのおじさんがメルビンさんで、こっちのメイドさんがレンちゃんです。みんなお強いんですの〜。そしてそして、こちらのお兄さんが勇者タカヒロ様なんです！」

ミオが大袈裟な身振り手振りで、物凄く雑に俺たちの紹介をしていた。それを目の当たりにした、エルザが目を瞑って顔を顰める。

「ハァ、ミオは少し黙ってらっしゃい。人を紹介するにも、もうちょっとやりようもあるでしょうに……」

「ミオお姉様は相変わらずですね」

リズはミオに対して優しく微笑んだ。そして、改めて俺たちのほうへ向き直る。

「キャロ・ディ・ルーナの皆様、お初にお目にかかります。私《ワタクシ》は賢者ルパ・クラークの弟子、リズ・クラークと申します。どうぞお見知り置きを」

胸元の十字架に触れながら、ゆっくりとお辞儀をする様は静謐で洗練されている。こっちも襟を正したくなるような美しい所作だ。だけども、こうも堅苦しい挨拶となると俺はびびってしまう。こっそりメルビンの後ろに隠れてやり過ごそうとしてしまった。ディードさんが俺を一瞥すると、ため息をつきながら自己紹介を始める。

「吾はキャロ・ディ・ルーナのディード。このパーティーの代表をしている。アルテガの次代の賢者に会えて光栄だ。リズ殿、エリクシルを討伐するまでの間よろしく頼む」

「ディード様、ご高名は伺っております。かの月光の弓弦は噂に違わぬ美しさでありますね」

「うむ、そうであろう」

自信家のディードさんらしい返しだな。あと、あのドワーフの女の子のことをディードさんは知っているみたいだ。次代の賢者とか言っているもの。

「だが、お主がわざわざ出迎えてまで確認したいのは吾ではなかろう。そこのコッソリ隠れたつもりのデバガメが本命であろう？」

「デバガメって、もうちょっとマシな紹介してよ」

思わず身を乗り出してしまう。その姿がよほどみっともなかったのか、リズは俺のほうを見ながらニッコリと微笑んだ。ミオやエルザに勝るとも劣らぬ、可愛らしい微笑みだ。

「初めまして勇者タカヒロ様。アルテガの民は皆、貴方様がいらっしゃるのを心待ちにしておりました」

「あ、あのどうも。タカヒロです。冒険者やってます」

我ながらみっともない自己紹介だ。高校生だってもうちょっとまともな返事ができる。

「ウフフ～勇者様は人見知りなんですよ～。ワタシたちとも～初めの頃は緊張してあんまり喋ってくれなかったんですから～」

ミオの横槍が入る。やっぱりそう思われてたんだ。俺、凹んじゃうぞ。

「ミオおよしなさい。お兄様は人見知りかもしれませんが、その力は紛れもない本物の勇者様です。この半月ほどで、嫌というほど力の差を感じられたでしょう」

「エルザお姉様がそこまでおっしゃるのですか。大変楽しみですね」

「お手柔らかに……」

すでにプレッシャーになっている大きすぎる期待を、こっそり和らげる返事をした。涼しげな視線と、優しい微笑みでサラッと流されているけれど……

「では皆様、参りましょう。こちらで用意した宿屋へご案内いたします」

リズはくるりと身を翻すと、後ろに控えていた数十人を引き連れて街門へと向かっていった。どうやら後に続く数十人は護衛役のようである。彼女はこの街の中でも余程の要人なのだろう。

「お兄様、リズは次代の賢者として師より指名された、この街の指導者となる者なんですの。魔導はワタクシに及びませんし、武術や僧侶としての資質もミオに及びません。ですが、その知識や智謀・軍略は、身内贔屓を抜きにしても天才と呼ぶより他にないほどですの」

「そうなんです～！　まだ一七歳なのにぃ、今のアルテガの僧兵と魔導士の軍師さんなんですよ～」

「へ～じゃあ、超頭いいんだ」

「そうですね、お師匠様は『ルパの名はリズの師として世に残る』と仰るほどですの。ワタクシもあの子の知識や見識には何度も舌を巻く思いをいたしましたわ」

なんだか凄そうな女の子だな。エルザもミオもベタ褒めだし。

「クラークって家名があるから、貴族様なの？」

「いえ、リズは元々教会に預けられたドワーフの孤児なんですの。クラークは聖職者にのみ許される家名で、師匠がリズを養子にした時から名乗らせるようになりましたわ」

「孤児から指導者になるなんて大出世だね」

「ええ、リズはそれに相応しい才能もあるし、努力もしております。大怪我を負ったお師匠様をおいてお兄様のお迎えに上がれたのは、リズがいればエリクシルの軍に対しても遅れをとることがないと思ったからなんですのよ」

「その彼女がいてもエリクシルドラゴンの討伐は難しいんだ」

「ええ、軍としてのエリクシル軍よりも、一個体としてのエリクシルは大変厄介なのですわ。不死身とも思える生命力で、腕や尻尾を失っても翌日には完全に元通りとなりますもの。ようやく追い詰めたと思った時も、特殊な結界を張られお師匠様と一対一に持ち込まれてしまいました。その結果お師匠様は一命こそ取り留めましたが、片足を失う大怪我をなされて………」

「それで俺の出番ってこと？」

「そうなんですぅ。勇者様をアルテガに迎えようって言い出したのはリズちゃんなんですよ～。お師匠様もぉ、リズちゃんが言うならって二つ返事でしたから～」

「リズさんには会ってもいないのに、随分と俺のことを高く評価してもらっているみたいで………」

「う～んどうでしょうか？　リズはとても現実的に情勢を見ておりますわ。ですから、お兄様のことはエリクシルの結界に飲まれても一対一で勝利できる戦力としてしか見ていないのではないかしら？　常軌を逸した報酬を用意した時も、リズは即断でしたもの」

「なんだか末恐ろしい子だね」

「でもでも～、味方だったらこんなに心強い味方は他にいませんから～」

「そうだね」

随分後の話になるが、この『リズ』という娘がこの世界を初めて統一することとなる。魔族と同盟関係を築き、王政を残しつつも神樹教による大連邦国家を樹立するのだ。まあ、俺には一切関係のない話なんだけどね。

※

俺たちは宿に荷物を置くと、約束通りエルザとミオの案内でアルテガ観光を満喫した。大小いくつもの教会があり、どれも真っ白で美しい建物だ。建築技術が進んでいるのか、前衛的で面白い建物ばかりである。

人種も様々で、ドワーフとエルフが同じ街に住んでいる光景は初めて見た。エルフとダークエルフほどではないものの、エルフとドワーフは基本相性が良くない。そんな種族のアンマッチを違和感なく同居させているのは、この街の前衛的な政治感覚の成せる技であろう。個人の能力主義のこの街は、ある意味現代の資本主義に通じるものがあるかもしれない。それでも教会に所属する聖騎士団は貴族や僧正の子弟で編成されており、封建的な部分も残していたけど。

一通り街を見て回ったら、最も重要なお楽しみ『ごはん』である。アルテガの名物はキノコ料理で、調理法はともかく素材がとにかくうまい。見た目がカラフルで毒毒しいキノコ料理が特に美味で、一度食べたら癖になりそうなほどだ。レンも『大変勉強になります』とのことで、満足できたのだろう。でもあの色味のキノコ料理を、レンの手から出されるのはちょっと勘弁していただきたいな。(毒耐性があるから死にはしないだろうが……)

※

翌日は大賢者ルパさんとの面会となった。俺がイメージしていた大賢者は、三角帽子の魔法使いのおじいさんみたいなイメージをしていたんだが、見事に裏切られる。ルパさんは、イケメンというかイケオジなのだ。ミオと並ぶ一九〇くらいある長身で、長い白髪を後ろで纏めている。整えられた髭と鋭い眼光は、学者というより軍人を彷彿とさせた。低く渋いバリトンボイスもイケオジ認定間違いないだろう。ただ、片足を失って松葉杖をついているのは痛々しい。その姿でも姿勢が美しく様になっているあたり、やはりイケオジだ。

大賢者様との挨拶もそこそこに、すぐにエリクシルドラゴン討伐の会議となった。進行は次代の賢者リズちゃんである。眼鏡をかけて黒板進行なのだ。

「エリクシル軍は、明日のお昼頃にはナガト砦まで侵攻してきます。おそらくエリクシル自身はザオーの丘辺りに陣を張り、砦の侵攻を見守ることとなりましょう」

ナガト砦はアルテガに最も近い砦である。わざわざ懐スレスレまで、敵軍を呼び込んでいるのにはわけがあった。侵攻途中の全ての砦から人員と物資を回収しているので、ナガト砦まで引きつけるとエリクシル軍の補給線は限界まで延び切ることとなる。サイクロプスやオーク、ラプトン（小型の恐竜のような魔物）などの魔物が多いエリクシル軍は、高い攻撃力を誇るが実に燃費が悪いため、補給は必須だ。ナガト砦に人員と物資を集めたという情報を敢えて流し、ナガト砦がアルテガ攻略の最後の橋頭堡であると思わせて、決戦を挑むように仕向ける作戦である。エリクシル軍がここを攻略する際に横から補給線を断てば、時間の引き延ばしだけで勝利は約束されたようなものだ。しかしながら、今回の作戦はエリクシル軍の撤退が目的ではない。生ける伝説エリクシルドラゴンの討伐こそが本当の目的だ。

エリクシルドラゴンは歴代の魔王に三〇〇年もの長きに渡って仕え、数々の戦果を挙げている。故にドラゴンであっても軍の指揮にすぐれ、確かな戦術眼も持っていた。そのエリクシルを以ってしても、罠と悟らせずここまで引きつけたリズの戦略は見事としか言いようがない。しかも、本当の目的はエリクシルの討伐と気づかせていないのだから。

「ナガト砦の戦闘はエリクシル軍にとっては総力戦となりましょう。しかし、こちらは守って時間稼ぎをするだけなので、それほどの脅威とはなりません。その隙にザオーの丘に陣を構えたエリクシルを、キャロ・ディ・ルーナの皆様とお姉様方で討伐をするのが本来の目的となります。万が一お姉様たちが失敗なさっても、エリクシル軍の補給基地の場所は既に突き止めております。ここを影の者たちに襲わせれば、彼奴等は即時撤退となりましょう。ナガト砦が落ちる心配はありません」

リズは俺たちが敗れる可能性も込み込みで作戦を立てている。こんな子が一七歳なのかと思うと、末恐ろしい。

「大丈夫ですわ。今度こそエリクシル討伐の宿願を叶えます。そのためのお兄様なのですから」

「ワタクシに勇者様の実力を測る時間はございませんが、エルザお姉様がここまで仰る方なのでしたら、きっと討伐なさると信じております」

「あんまりプレッシャーかけないでよ」

緊張して、おしっこちびっちゃうぞ。

「ご主人様のお力ならきっと大丈夫です」

「レン、エリクシルドラゴンの力も知らずにそんな適当なこと言わないで。俺が単騎でエリクシルと戦うんだよ～。死んじゃうかもしれないじゃん」

今回俺たち待ち伏せ部隊はエリクシルが使う結界があるため、最終的には俺と一対一の決戦となる作戦である。負けるとは思ってないが、必ず勝てると決まっているわけでもない。戦闘でレンたちのフォローがないとなると、やはり気持ちの面でもネガティブになってしまうものだ。

「主人殿、今こそ我らとの修練を結実させる時。主人殿の真のお力を発揮されればエリクシルとて敵ではありますまい」

「そうじゃ、主《ヌシ》は魔物との戦いならば、吾らとの修練のような制約はない。主が本当の力を見せればエリクシルであっても魔王であっても敵ではなかろう。一度エリクシルと矛を交えた吾が言うのじゃ。間違いないわ！」

メルビンとディードさんまで背中を押してくる。まあ、ここまで来たら逃げるわけにもいかないしな。出るとこに出てやるだけだ。

「わかった！　わかったよ。作戦通り俺がサシでエリクシルとやる。本気でやるから巻き添えだけは注意してくれよ」

「承知！」「ハイ」

「あら～勇者さんの本気ですかぁ。修練の時よりも、もっとも～っとすごいんですよねぇ？」

「ええ、ご主人様は魔物に対しては圧倒的に強いんです。それはもう信じられないほどに」

「ワタクシたちと力比べをした時も、全然本気という感じではありませんでしたものね。お兄様の本当の力、エルザはとても楽しみですの」

「まぁ、頑張るよ」

我ながら気の抜けた返事だけれど、腹の底では燃え上がる気持ちを押し殺している。とうとう、勇者としての最初の仕事だ。ここまで鍛えてくれたレンとメルビン、ディードさんに結果を見せないとな。

「それでは明日、ワタクシたちはナガト砦でエリクシル軍を迎え撃ちます。ギリギリまで引き付けたところで、黄色い狼煙をあげます。それを合図にエリクシルに決戦を挑んでください」

「わかりました。報酬の分はしっかり働きますよ」

ちょっとわざとらしく冒険者っぽい対応をしてしまったな。自分で勇者って言うのも、ガラじゃないしね。

そんなのもリズちゃんにはお見通しなんだろうけど……。

こうして作戦会議は終わった。いよいよ明日は決戦だ。勝つことも重要だけど、俺にはちょっとした考えがあった。何しろ不死身のエリクシルドラゴンだ。不死たる所以のスキルがあるはず。それを見極め、スティールで奪う。それこそがエリクシルドラゴン討伐を決意した理由なのだから。

第十九話『エリクサー』

リズちゃんの読み通り、エリクシル軍はナガト砦に総力戦を挑んでいる。そう仕向けた本人が、わざわざ防衛戦で前線指揮官をしていた。エルザとミオに魔力や体術で及ばなくても、個人の戦力としても超一流だからエリクシルの部下に後れを取ることはないだろう。

俺たちはザオーの丘のすぐ近くに、結界を張って隠れていた。エリクシルドラゴンの親衛隊と言われている蜘蛛の魔物が目の前を何度も通っていったが、全くこちらに気づく気配もない。この結界は大賢者様直々に作ってくれた結界で、魔法世界の最先端技術なのだそうな。ちなみにルパ大賢者は結界や魔法陣の研究で実績を積み重ね、その地位に至った第一人者。その専門家の中の専門家が最高傑作の一つという結界は、視覚的に見えなくなるどころかこちらの魔力や気配まで隠してしまう強力なものであった。ただ、目の前に魔物がいるのに何もせずに待つってのはかなりの緊張を強いられる。その緊張のお陰で、俺はもうおしっこしたくてしょうがなくなっていた。

「狼煙はまだかな？」

「エリクシル軍の総攻撃が始まっておよそ四刻ほどが経ちました。そろそろリズから、合図の狼煙が上がっても不思議ではありませんわね」

「おしっこ行きたくなっちゃったんだけど……」

「「「…………」」」

「主人殿、我慢を」

「そんなぁ」

メルビン以外は呆れ顔だ。だけど、出ちゃいそうなものは出ちゃいそうなんだよ。この歳でおしっこ漏らしたくないぞ！

俺が心の中で猛抗議をしていると、待ちに待った黄色い狼煙が上がった。

「よし、いくぞみんな！」

「「「ハイ」」」「ハッ」

　別の場所に隠れているディードさん以外の全員が結界の中から一斉に飛び出すと、まずエルザが『イル・フレイム《上級火炎雨》』を放った。火炎の雨がエリクシルドラゴンを中心に降り注ぐ。おそらくエリクシルにも直撃しているだろうが、ダメージはあるまい。それよりもまずは親衛隊たる蜘蛛たちを片付けるほうが先だ。炎の壁よりブワッと蜘蛛たちが飛び出す。一匹は完全撃破でもう一匹はかなりのダメージのようだが、残り一〇匹はピンピンしている。エリクシルは防御魔法を展開したようで、ダメージはなさそうだ。

「陣形を保って各個撃破する。エルザは少し下がって、レンとメルビンは前衛よろしく」

「承知」「ハイ」

「バックアップする『イグル・アルフォース《極大身体能力強化》』・『イル・リジェネイト《上級継続回復魔法》』」

　今回はエリクシルとの戦闘になるまで、俺は補助魔法と回復に専念する。向こうが補助魔法をかけてきても、俺がデバフするだけだ。そして、俺がわざとらしくパーティーの指揮を取ることで要と思わせる。そうすることで、エリクシルに俺との一対一に持ち込ませる作戦だ。ちなみに普段はディードさんがパーティーの指揮をとっている。

「あらあらぁワタシの出番が少なそうですねぇ〜。でも頑張っちゃうわぁ『イグ・ホーリーランス《極大聖槍魔法》』」

　本来バフや回復を担うミオだが、今回は積極的に戦闘に参加する。極大の聖なる光の槍を敵中心に目掛けて放出した。大技なのでほとんどの蜘蛛は躱してしまうが、エルザの初撃でダメージを受けた蜘蛛は逃げきれず消滅する。エリクシルもまともに喰らっては堪らぬと、大きく横に飛びのいた。そこにディードさんの弓矢が雨霰のように降り注ぐ。蜘蛛共がとっさに糸を張り、エリクシルの盾となっていた。

だが、この魔法のおかげで蜘蛛の約半数を分断できている。作戦通りエリクシルの護衛に残った六匹は無視して、残り四匹を徹底して攻め立てた。

まずはレンとメルビンがスキルを交えて、最高のコンビネーション速攻で即座に一匹討ち取った。ミオも接近戦に参加し、もう一匹釘付けにする。その隙にエルザは『精霊召喚・サラマンデル』でラスカルを召喚。ミオが引きつけたもう一匹を、ラスカルが目からビームを出して焼き払った。俺は残りの二匹を範囲魔法で削りつつ、足止めをしている。すぐにレンとメルビン、ミオの三人で囲み、俺が足止めした二匹の蜘蛛をボコボコに叩きのめした。奇襲は大成功だ！

ただ、もう半分とエリクシルを足止めをしているディードさんの負担は尋常ではない。『精霊弓兵』の極大スキルを最初から全開でぶっ放し続けているのだ。魔力が今すぐに切れてもおかしくはない。すぐにディードさんのフォローに回らなければ。

「トドメを刺したらすぐにディードさんのフォローだ！　エルザはハイエーテルの準備。ミオはディードさんと合流を急いで。前衛二人はディードさんに近づけさせるな！」

「承知」「「「ハイ」」〜イ」

俺も魔法で援護をかける。

「『イル・ヴィントランプ《上級風刃乱舞》』」

蜘蛛どもが撒き散らした糸の防御壁を、風魔法で切り刻む。これで前衛二人の視界は確保できただろう。

うまいこと先手を取って一方的に押し込んでいたが、向こうもやられてばかりではない。エリクシルが大きく溜めを作って、ブレスの準備をしていた。ここまで溜まると阻止はできない。回避か防御しか選択肢はなかった。

「レン、ブレスくるぞ！　後衛は回避！」

「メルビン様、私の後ろに！　『金剛陣』ッ」

テインダンジョンで手に入れた『金剛盾』を展開し、レンの防御スキルを発動させた。あの盾は最初俺が使っていたのだけれど、重すぎて扱い切れなかったので今はレン愛用の盾となっている。

『ブァアアアッゴォオオオ〜〜〜〜ッ』

エリクシルのブレスが火炎放射器のように吹き出す。想像以上の火力と範囲で、巻き込まれかねない。堪らず防御壁を展開した。

「『イグ・アイスウォール《極大氷壁》』エルザ俺の後ろに入って！」

ミオはディードさんとの合流に動いているので防御まで手が回らないが、ブレスの範囲外なので問題はない。エリクシルも同士討ちを気にして蜘蛛どもに近いミオは無視したようだ。エルザはピッタリと俺の後ろに回り込んだ。そこにエリクシルのブレスによって生じた炎の壁が、津波のように襲ってくる。ダメージ云々はなんとかなりそうだが、視界を奪われ熱波が凄まじい。

ラスカルはミオが蜘蛛に捕まらないよう、援護射撃を続けている。その甲斐あってか、ディードさんとミオは合流できたようだ。

「エリクシルは後回しだ！　まずは蜘蛛を各個撃破する。ブレスを警戒しつつ一匹ずつ集中攻撃」

普段こんなに声を張らないので、喉がカラカラだ。代わりにおしっこが漏れそうだったのは、どこかへ行ってしまった。目立っているはずなんだが、エリクシルは一向に俺を結界に引き摺り込もうとはしてこない。そこに、ディードさんと合流したミオが戻ってきた。

「奇襲は成功のようじゃな！　エルザ、ハイエーテルじゃ」

「どうぞ、負担をおかけしましたわ」

「ングっングっパァッ。相変わらずマズイ！　じゃが、エリクシルの奴の出鼻を挫いてやれたであろう！」

「ええ、ディードさんのおかげです」

「吾とて全力で彼奴に射かけることができた。全く効いておらんのは癪じゃがの」

「大丈夫、アイツはここで仕留めます」

「当然じゃ」

そうは言ったもののエリクシルのブレス以降、蜘蛛たちの陣形がまとまっていて隙がない。それにレンとメルビンの力技で二匹潰してはいるが、巡回していた他の蜘蛛が集まりつつあった。なんとか奇襲で分断した数のママ進めないと、空を飛べるエリクシルが逃げ出すことも十分にあり得るので、ここは俺も前に出る。

「エルザ、ミオ援護を頼む。俺も前に出る」

「了解です」「おっまかせあれ〜」

「『イル・チェイン《上級聖鎖魔法》』」「『イグ・ゾーマ《極大火球魔法》』」

ミオが聖なる鎖で蜘蛛の足止めをして、エルザが巨大魔法で焼き払う、お得意の連携魔法だ。俺が前衛に入るタイミングで確実に一匹を仕留めて、魔物を怯ませている。さすが息ピッタリだ。この隙に前衛に入りつつ、大技を見せつける。

『魔法剣』『ギガ・ライトニング《超電撃魔法》』

ここで勇者独自の魔法でも見せれば、エリクシルは俺を最も警戒するだろう。あまり得意ではないが、魔法剣が一番勇者っぽいし威力も抜群だ。魔法剣で電撃魔法を刀に乗せ、居合抜きの要領で一気に斬撃を解放する。

「『ライトニング・スラッシュ』ッ！」

エリクシルドラゴンに向かって、勇者の代名詞とも言える斬撃が光を放って飛んでいく。エリクシルの防御壁の展開を確認できたが、俺は構わず振り抜くのみ！　確実に二匹の蜘蛛を巻き込んで、エリクシルに一撃を入れた。手応えも充分だ。

「クソガァアアア！　このワシに一撃を入れおってぇエエエッ捻り殺してやるわぁアアアッ！」

やっぱり喋ったな。エリクシルの鼻先から胴体にかけて斬撃の跡がクッキリと残っている。ダメージ的にも一撃で二割は削れていそうだ。その代わりに怒ったエリクシルは、前傾姿勢でとんでもない勢いで突撃をしてくる。

「ご主人様！　私の後ろへ『金剛陣』」

「フォローする『イグ・アースウォール《極大土障壁》』」

土の障壁は物理耐性が高い。レンの防御スキルの後押しくらいはできるはずだ。そこにエリクシルの渾身の体当たりが激突する。

「来ますッ！　くっ強い！」

目一杯の防御壁を張っていたが、ズンッと背中まで突き抜けるような衝撃が襲ってくる。だけれどレンの防御スキルのおかげで、ダメージらしいダメージはなかった。大技の体当たり後こそ、攻撃のチャンスだ。言われるまでもないとばかりに、メルビンがレンの守りから横に飛び出す。エリクシルに一撃を入れようと双剣を構えた瞬間、先ほど俺が真っ二つにしたはずの蜘蛛が糸を噴き出し、メルビンの手足を縛った。レンも『雷神の槌』を振りかぶったところで糸に巻かれてしまう。

前衛が狙われた？　だけど、今が攻め時なのは間違いない。

「『イグ・ヴィントスライ《極大風刃魔法》』」

風の魔法で糸を切り裂きつつ、エリクシルにもダメージを狙う。至近距離での直撃だが、ドラゴンの鱗を切り裂くほどの手応えは返ってこない。やむを得ず再び抜刀し、レンを飛び越えエリクシルに斬りかかった。同時に風が唸ったかと思うと、鞭のようにしなった巨大な影が俺を横薙ぎに払う。刀で受けることすらできないフリをして、パンッと弾かれるように俺は吹き飛んだ。水切りの石のように草むらを転がりつつ、なんとか上体を起こして足で踏ん張ると、いつの間にか戦場の外まで吹き飛ばされていた。

「ドラゴンの尻尾か」

炎が燃え盛る戦場から、俺を追うように巨大な影が飛んでくる。鉛色の鱗、ギラついた黄色い瞳、見上げるほどの巨躯と圧倒的な存在感。紛れもないエリクシルドラゴンだ。

「小僧！　貴様が今代の勇者だなッ！　なかなかの指揮だったが、それだけでワシを倒せるなどと思い上がるなよ。不死身のエリクシルがどれほど恐ろしい存在か、とくと味わえ！　『グロスデュ・バリエル《神造大結界》』」

エリクシルがとうとう俺を相手に大結界を発動させる。テニスコート一面分くらいの小さな結界で、恐らくエリクシルの好きな大きさに展開できるのだろう。この至近距離で最強クラスのドラゴンと、一対一で戦える人間がいるとは普通は思わない。だが、この展開は完全にこちらの計画通りだ。俺は最大までレベルの上がった『鑑定』スキルで奴のステータスとスキルを洗い出す。流石に魔王軍の大幹部だけあって、凄い数のスキルだ。『神造大結界』『爆炎ブレス』『死神の鉤爪』『全魔法耐性大』……あった『エリクサー精製』。だが『エリクサー精製』は一月ほどかけてエリクサーを精製するスキルみたいだな。奴にトドメを刺すためには、奥歯の裏に隠し持つ『エリクサー』そのものを『スティール』しなければならないか。

「エリクシル、これを狙っていたのか？」

「フンッ過去に戦い、見知った顔もあったからな。故にワシの結界についても警戒しておったのであろう？　じゃが警戒しておってこの有様だ。この戦いワシの勝ちぞ！　今代の勇者最高の一撃であっても、あの程度の斬撃に過ぎぬ。ワシに挑むのは一〇〇年早かったなッ！　ゆっくりジワジワとなぶり殺しにしてやるわ！」

いやいや、完全に罠にハマったのはアンタだぜ。

「俺はお前がこの結界を使うのを待ってたんだよッ！　喰らえ『大海嘯』」

『大精霊リバイアサン』から奪ったとっておきのスキルを放つ。前にダンジョンで使って階層そのものを水浸しにしてしまい、挙げ句の果てにパーティー全滅の危機にまで追いやってしまった禁断のスキルだ。具現化した膨大な量の海水と汽水が凄まじい勢いでうねり渦となり、エリクシルの作った大結界をあっという間に埋めてしまう。質量と圧力の圧倒的な暴力は、エリクシルを溺れる小魚のように天地も無視した渦で翻弄した。強固な翼はあっさりと捥げ、結界の壁や地面に叩きつけられエリクシルは既に虫の息だ。俺は、顕現した海水と汽水を消滅させると、狙いを定め『スティール』でエリクサーを奪う。

「不死身のエリクシルも最後の時みたいだな」

「馬鹿な、あれは大精霊リバイアサン最強の技。人間如きが使えるはずがない」

「凄いでしょ、とっておきの必殺技なんだ。でもって、お前の切り札も封じさせてもらったよ」

俺はクリスタルの容器に入ったエリクサーをギュッと握り、前に突き出し見せつける。

「それは、エリクサー！　なぜ貴様がァアア！」

「今代の勇者のスキルが『スティール』だったんだよ！　エリクシル、不死身の不死身たる所以を盗まれた感想はどうだい？」

「この盗人がァアアッ！」

怒り狂ったエリクシルは、スキル『死神の鉤爪』で俺の即死を狙ってきた。この状況で即死のスキルを使ってくるとはなかなか冷静だな。だけど、来るとわかっているものは簡単に躱せる。追撃の尻尾攻撃も、わざと受けた先ほどと違って悠々と見切ってみせた。

「喰らえ！　『アトミック・パンチ』」

エリクシルの鼻先に叩きつけるようにパンチを繰り出すと、頭だけ地面で大きくワンバウンドし、意識を失ったようだ。後は残りの蜘蛛を一掃し、エルザたちにトドメを刺すのみ。最後のトドメはディードさんやエルザたちに取っておいてやろう。念のため『イル・チェイン《上級聖鎖魔法》』でエリクシルを大地に縛りつけると、俺は炎の壁ができている戦場へと戻った。

「メルビン、戦況はどうだ？」

「主人殿、残りは二匹。主人殿のお手を煩わせることもございません。エリクシルのほうはいかがでありますか？」

「こっちの首尾も上々だ」

「さすがは主人殿」

「メルビンたちのおかげだよ」

心の底からそう思っている。異世界転移したばかりの頃は、『スティール』のお陰で盗賊路線まっしぐらだったしね。レンが俺の心を正し、時には甘えさせてくれたから人として立ち直れたんだ。

残っていた蜘蛛もエルザの『イグ・ゾーマ《極大火球魔法》』で一匹焼かれ、もう一匹もレンの『雷神の槌』でペシャンコになった。

大勢決したところで、援護をしていたディードさんが寄ってくる。

「タカヒロよ！　首尾はどうじゃ」

ディードさんが美しい翠眼に期待を込めて尋ねてきた。最高の報告ができるぞ。

「エリクシルは捕らえてあります。トドメはディードさんかエルザ、ミオの誰かにお任せしますよ」

「でかした！　その言葉に甘えさせてもらおう。エルザ！　ミオ！　タカヒロがエリクシルの首級を譲ってくれるそうじゃ」

エルザもミオも万感の思いのようで、今にも泣きそうな顔をしている。だけど、返ってきた答えはちょっと意外なものであった。

「ディード様、エリクシルに引導を渡すのはお任せいたしますわ。ワタクシはあの惨めなエリクシルを見て充分満たされております」

「ワタシもぉ～、大丈夫です。天に召されたお父様もお母様も、もう充分って思っていると思うんです」

「そうか、吾は遠慮せぬぞ。一族の恨みがあるのでな」

「メルビン、ディードさんについていってあげて。しっかりトドメを見届けるんだ」

「承知」

ディードさんとメルビンが足早にエリクシルのほうへ歩いていった。

「レン、こっちにおいで」

「ハイ、やりましたねご主人様。あの不死身のエリクシルを………」

俺はレンの言葉を遮るように、手に持つクリスタルの瓶をレンに手渡した。

「レン、これを飲んで」

「これはなんでしょう？」

「良いもんだよ。騙されたと思って飲んでみて」

「この間のような酸っぱいお水ではないのですね？」

レモン水にお酢を入れた悪戯のことを根に持っているみたいだ。ごめんね、変な悪戯して。

「味はよくわかんないけど、身体にはすごく良いものだよ」

「そうなのですか？　では、頂戴いたします。コクコクコクッ、まあ美味しい」

美味いんだ。ちょっと飲みたかったな。

「さあ、残さず全部飲んで」

「ご主人様はもう飲んでいらっしゃるのですか？　とても美味しいので、レシピを知りたいですね。コクコクコクッ、フゥ〜本当に美味しい」

　全てのエリクサーを飲み干すと、レンの体が突然金色に輝きだす。失われていた左手と、眼帯に覆われた左眼の輪郭が虹色に光を放ち、焼け爛れていた半身も虹色に光っている。放たれる光がどんどん大きくなって、メルビンとディードさんが何事かとこちらを振り返っていた。『カッ』と大きくなった光にレンの全身が包まれると、突然光が消えて可愛らしいレンの姿が現れる。その美しい肌から全ての傷がなくなって、失われた身体の一部も見事に再生していた。

「レン、気分はどう？」

「ハイ、あの、先ほどのお水はなんだったのでしょうか？　ハイポーション？　それにしては美味しいし、身体が光っておかしなお水ですね」

「レン、左手を見てご覧」

「………ウソ、手があります。動きますよ？　えっ手が生えました？」

「そうだね、こっちも治っていると思うんだ」

　俺はレンの頭を抱き抱えるように引き寄せると、眼帯を解いてやる。メイド服を脱がすのより、何倍も簡単だ。

「あれ、見えます。ご主人様のお顔が、ハッキリとこちらの眼でも見えます。なんで？　眼も生えたのでしょうか？」

　眼は生えるって言うのか？

「さっきの水はエリクシルドラゴンの秘宝、エリクサーって薬なんだよ。あらゆる怪我もあらゆる病もたちどころに治す秘薬だ。たとえそれが失われた四肢であってもね」

「では、私の姿は昔のように元通りなのですか？」

「俺は昔を知らないからよくわかんないけど、今のレンは顔に傷一つないよ。綺麗なもんだ」

「えぇ？　……どうしましょう。えっとえっと、ど、ど、どうしましょう？」

レンは現状把握で目一杯になってしまったみたいで、まともに言葉も出てこない。両手で頭を抱えている。

「あらあらまああ〜。レンさんの火傷の痕が、綺麗さっぱりなくなっちゃいました〜。と〜っても可愛い〜ですよ〜。お肌もツヤツヤです〜」

「レンさん、とても美しいわ。こんなにも美しいなんて……良かったですね。本当に良かったの……」

エルザとミオがレンの身体が元に戻ったことを泣きそうな顔で祝福している。二人とも良い子だな。

「ご主人様、なんとお礼を申し上げたらいいのか……ありがとうございます、ありがとうございます」

畏まりきったレンは、メイドスキル全開で最敬礼を何度も何度も繰り返す。いちいち仕草が可愛いな。

「おいでレン。お礼にキスくらいしてもらってもいいと思うんだ」

「ハイ、ハイッ！　喜んで、ご主人様♡」

スルスルっとレンが俺の胸の間合いに入ってくると、自然と抱き締めてしまう。レンもギュッと抱き締め返してきた。今まで片方にしか感じなかった柔らかな胸の感触を、両方に感じられて幸せだ。ひとしきり抱き締めあったところで、ゆっくりと見つめ合い優しくレンの顎に触れる。自然な流れで唇同士が重なった。その感触が堪らなくて、より一層強く抱きしめる。後はもう、人の目も気にせずに貪るように唇を求め合うのみだ。レンの舌を吸いつつ、俺の舌もチュウチュウと吸われる。いつも以上に、レンからの愛を感じられて嬉しい。ギュウギュウと抱きしめ合いながら、目一杯の気持ちを乗せてキスをし合う。このまま時が止まって仕舞えばいいとすら思えるほど、幸せな時間だった。

第二十話『酔っ払い？』

エリクシルを討伐した俺たちは、リズちゃんたちと合流しエリクシル軍の残党を壊滅させた。トドメとばかりに、リズちゃんは影の者に敵補給線の分断を指示している。こうなると撤退する魔物たちは再起することも叶わず、自分たちの領土に転進するより他ない。リズちゃんはその撤退を確認するために、もう何日かこの砦に残るそうだ。俺たちは大賢者様への報告もあるので、先にアルテガに帰ることにした。

その前に、リズちゃんに出立の挨拶をしておかなきゃな。

「リズさん、今回は色々ありがとうございました」

「タカヒロ様、ワタクシのほうこそエリクシルドラゴンの討伐、感謝に絶えません」

「あ～ん、リズちゃんとぉエリクシルをやっつけた打ち上げができないのがぁ、本当に残念ですぅ～～」

例のごとくミオがリズをギュッと胸に抱きしめて、別れを惜しむ。窒息するぞ。

「ミオ、おやめなさい。リズが苦しんでいますよ」

「ンン～～ッフゥ～………お姉様、エリクシルの討伐おめでとうございます。お姉様たちの宿願が叶ったこと、心より嬉しく思います」

「あ～り～が～と～～リズちゃ～ん」

再び抱きしめようとするミオを、エルザが必死の形相で阻止する。多分何度もやっているお約束のコントみたいなものなんだろう。非常に手慣れていた。

「それでは失礼します」

「タカヒロ様！　お姉様たちのこと、何卒よろしくお願いいたします」

リズが俺に向かって深々と最敬礼をする。この後、彼女たちが俺に隷属することを知っているからだろうか？　その姿はものすごく感動的で、リズが姉たちに対して深い愛情を持っていることを強く感じさせるものだった。

「あの、できる限りのことはしますので、安心してください」

リズちゃんはゆっくり頭を起こすと、ちょっとだけ憂いのある笑顔で答えてくれた。

「リズ！　吾が復讐を果たせたのは、主のお膳立てあってのことだ。礼を言うぞ」

「いえ、こちらのほうこそ御礼申し上げます。ところでディード様、もし旅に区切りが付きお時間ができたら、神樹の『守り人』の村をお尋ねください。クスコの村の生き残りがおられるそうです」

「なんと！　真か？」

「ホントみたいですよ～。クスコの生き残りの方々がいらしたのは、ワタシが村を出てすぐの話らしいですので～」

「守り人の主《ミオ》が言うなら間違いはないか。そうじゃな、魔王を倒したら行ってみるとしよう」

ミオが守り人？　ダークエルフじゃないの？

「お兄様、不思議そうな顔をしていらっしゃいますね。ミオはエルフとダークエルフのハーフ。神樹の守り人の一族なんですのよ」

「へ〜、知らなかった」

「ダークエルフのカラメル色の肌にエルフの翠色の瞳を持つのは、守り人の一族だけなんですの」

エルザがミオの出自について説明してくれた。思わず小声で、個人的に気になっていることも質問する。

「あの胸って『守り人』だからなの？」

エルザも小声で、

「違いますわ、ミオだけです」

守り人の村は、おっぱい星人の楽園というわけではないらしい。いつか守り人の村をディードさんが訪れた時に、胸が薄くて恥をかくこともないだろう。

俺の心中を知ってか知らずか、リズちゃんが俺たちの出立を促す。

「では、皆様お気をつけて」

「ええ、賢者様に報告に行ってきます」

こうして俺たちはナガト砦を後にした。

⁂

アルテガに到着する頃には完全に日が暮れていた。大賢者様は影の者から報告を受けていたらしく、すでに結果は承知していたみたいだ。俺たちも長々と報告はせず、サクッと報告だけしてお暇した。改めて祝宴を用意してくれるそうなので、その時にでもゆっくり話せばいいだろう。

祝宴ってどんな感じかな？　お偉いさんと会食とかっていうなら、出たくないぞ、アルハラだぞ。

「タカヒロよ、アルテガは温泉の公衆浴場があるのじゃ。吾は身を清める意味でも浸かっていきたいのだが、主らもどうじゃ？」

「良いですねぇお風呂。行きます行きます」

「あらあら～、勇者さんはお風呂お好きなんですかぁ～？」

「ええ、日本人ですから」

「え～と『にほんじん』？　なんですか～？　それ～」

「俺の住んでいた世界で、俺は日本って国の住人だったんですよ。そして、日本人はお風呂好きな民族として知られてるんです」

「あら～、じゃあ勇者さんもお風呂好きなんですね～」

「うん、大好きですよ」

「それじゃあ、もうじきワタシたちもぉ勇者さんの所有物になるんですからぁ、お背中お流ししま～す」

「エエッ？　アルテガの公衆浴場って混浴なんですか？」

「ンフフ、ちっがいますよ～個室があるんです～。個室だったらみんなで一緒にお風呂入れますよ～」

「いや～、遠慮しておきます。メルビンと入って来ますから」

「お兄様、遠慮なさらなくてもよろしいのに。ワタクシもお兄様のお背中流したいもの」

「ホント、大丈夫だから。まだ正式に契約もしてないし」

「あらまあ～残念です～」

「では、主らに吾の背中を流してもらおうかの」

「ハ～イ喜んで～」「ええ喜んで」

ちょっと～、今のでレンが怒ったりしてないよね？　念のため、レンの顔を確認せねば。あら？　レンが怒った感じは全くしない。寧ろ気持ちが悪いくらい、裏表のないニコニコ顔だ。今は身体が元に戻ったことで、他のことはどうでも良いのかもしれないな。

「じゃあ、みんなでひとつ風呂《ぶろ》浴びに行きましょうか」

こうして俺たちは、戦いの汗を流しにアルテガ公衆浴場に向かうのだった。

⁂

お風呂では女子たちがキャッキャウフフと姦しい声で、やれ誰の肌が綺麗だの、誰の乳首がピンク色だので騒いでいた。特にミオの乳の話は聞き耳を立てずにはいられなかったな。

戦いでの垢を落とし、デカイ湯船にゆったり浸かって気分もリフレッシュできた。その後は、念願のエリクシル討伐も叶ったので、みんなで街へと繰り出す。エルザお勧めのレストランを貸切にして、ササッと身内だけの祝杯をあげたのだ。普段飲まない俺も雰囲気に当てられて、お酒が進んでしまう。酔っ払いはしなかったけど、ちょっと気分が良くなっちゃったな。

因みにお酒が一番強いのは、メルビンだ。顔色一つ変えずに、強いお酒をストレートで飲む。グラスを傾ける仕草が、一々大人の格好良さを魅せつけてくれた。

もう一人の大人ディードさんは、弱いのに酒好きで、泣き上戸ですぐ寝るという一番めんどくさいタイプだ。

レンは、お酒は好きだが鬼族の割には比較的お酒に弱い。これはかなりレアなケースみたいで、鬼族はドワーフの次くらいに酒に強いらしい。ミオもエルザも人並みに飲めるという感じだった。

楽しい酒宴も終わり、宿に戻ってきている。メルビンはディードさんを部屋に連れていくと、一人で少し飲み直すらしい。宿のBARにいるそうな。ミオとエルザは早々に部屋に戻って行った。俺は可愛く酔っ払いになったレンを連れて、部屋へと戻る。

「ご主人様ぁ～今日は、今日はぁ～ありがとうごじゃいましゅッ」

「うん、身体が元に戻ってよかったね」

「何もかもぉ～ご主人様のぉ、おかげれしゅ！　どうやって、このごおんをお返ししましょ？」

「俺がやりたくてやったことだから、気にしないで。ホントに今まで通りで良いからさ」

「無理れしゅ！　だってレンは、もうご主人様にメロメロなんれしゅからぁ～」

お酒弱いのに結構飲んでたから、かなり酔っているみたいだな。これは今晩のエッチは無理か？　俺はコップを手に取り、水差しから水を注いでレンの前に差し出した。

「ほら、これ飲んでちょっとでも酔いを覚ましなさい」

「ありがとうございましゅ。ングングングッ……ハァ美味しい」

「ほら、もうベッドで横になんなさい。今日は夜伽はいいから」

「イヤれす！　ご主人様にぃ～、レンの綺麗になった身体を見てもらうんでしゅから」

まぁ見たい見たくないで言ったら超見たいんだけど、こんな酔っててエッチできるのか？　してる最中にレンに寝られたら、男としての自信を失っちゃうぞ。そんなことを思っている間に、レンはシュルシュルとメイド服を脱いでいく。酔っていてもなかなか手際がいいな。

「ほらぁ～ご主人様ぁ～火傷の跡が全然ないんれしゅ。見てくださいオッパイが二つあるんれしゅよ～」

プルンと二つ美しい形をした、大きな桃がどんぶらこっこ～どんぶらこ。どっちに目をやっても素晴らしい景色だ。こうやって並ぶと、実はものすごく大きな連峰なんだと改めて実感する。火傷の跡がなくなって本当に良かった。左に見えるおっぱいは、いつものおっぱい。右に見えるおっぱいは、初めましてのおっぱいだ。なんとも素晴らしいバランス。実に美しい黄金比だ。

「うん、とっても綺麗だ。レン、触っていい？」

「ハイ！　さわってくだしゃい！　いっぱいいっぱい、さわってくだしゃいね♡」

レンが脇を締めて、よりオッパイを強調するように寄せている。プルプルとした自然な揺れに導かれるように、連峰を俺の両手が包み込んだ。

張りがあるのに柔らかい。もちろんよく知る柔らかさのはずだが、両乳揃うとこれほどの破壊力なのか？

俺はあっという間にレンのオッパイに夢中になってしまう。

鷲掴みにしつつ、右左と順番にモミモミモミモミとリズム良く揉んでいく。先端から見えるピンクチェリーが、プルンプルンと右へ左へ行ったり来たり。堪らん。ピンク色で大ぶりの先端は段々と硬くなり、思わず指先で弾いてしまった。

「ンッ……ご主人様ぁ〜オッパイ気持ちいいのぉ。もっといっぱいしてぇ〜〜」

甘い声が脳髄を震わせる。俺はグイッとオッパイを寄せると、優しく揉みながら先っちょを口元に運ぶ。

鼻先でツンツン突っつくと、レンのお酒くさい乱れた息が顔に感じられた。まず慣れ親しんだいつものオッパイから、パクリと先端を頬張る。初めは優しく舐り、段々と強く吸ってやると、甘い声が漏れて楽しい。

たまに歯を立て甘噛みすると、ビクッとレンの身体が震える。先っちょがコリコリと硬くて、周りの乳房はマシュマロのように柔らかい。

この美しいオッパイをこれだけ堪能しても、もう片方あるのだ。無礼にならないよう、初めましてのおっぱいも同様に可愛がる。

「ご主人様ぁ〜気持ちいいの。レンのオッパイ気持ちいい。ねぇご主人様、乳首を二つ一緒にイジイジしてぇ」

ほう、先っちょを同時責めしてほしいと仰るか？　いいじゃない、いいじゃない、楽しそう。

俺は両側からオッパイを持ち上げるように揉み上げながら、人差し指と親指で硬くなった先端をキュッと摘んだ。レンはビクッと反応して、思わず背中を反らす。オオッ、楽しい。

レンは摘まれるのが好きみたいだな。痛くなりすぎないように優しめに摘まみ、クリクリと指先で転がす。

レンは面白いように背中を反らして反応した。

「あぁご主人様ぁ、もっと強くしてぇ、強いのがいいのぉ」

これより強くすると痛そうなんだけど……

でも、本人が強くしてほしいと望んでいるので、応えてあげねば。俺は硬く尖った先端をより強く摘むと、先ほどより強めにコリコリと指先で転がした。

「ヒャッ、あぅ〜。ご主人様ぁ気持ちいいっんんっはぁ、それしゅき〜」

レンの感じている顔がトロ〜んとしていて、イヤラしいことこのうえない。そのエッチな顔をもっと近くで見てみたいと思った俺は、レンをグッと引き寄せる。

「レン、そのまま俺の上に跨って。もっと近くでレンを感じたい」

「ハ〜イ♡　ご主人様、頭いい〜」

今まではベッドの上で向かい合っていたが、俺がベッドに腰掛けるようにすると、その上にレンが跨るように乗っからせた。そのままレンはギュッとハグついて、俺の頬に頬擦りを始める。

「こらこら、どうしたの？」

「ご主人様だいしゅき〜。レンは〜レンは〜、ご主人様にお仕えしゅるために生まれて来たんでしゅ。だからいっぱいいっぱい可愛がってくだしゃい♡」

「うん、ンンッ!?」

レンがいきなり俺の舌をチュウチュウと吸い出した。ブチュブチュとイヤらしい音を立てて、ものすごいバキューム力だ。俺もそれに応えるように舌を吸い上げるが、レンの勢いはいつもの比ではなく、グイグイ一方的に吸われてしまう。

「ンチュッチュ〜ッん〜、ご主人様だいしゅき。しゅきしゅきしゅきぃ〜ンンッチュ。ハァ大好きぃ」

キスの嵐の次は、ハグの嵐。レンにギュウギュウと抱きしめられながらの、激しいスキンシップだ。スベスベのお肌が気持ちよく、女の子のいい香りとお酒臭さが混ざって鼻腔からも息子を刺激される。もっと肌と肌で感じ合いたくなった俺は、半ば無理矢理レンを引き離すと、上着を脱いで床に投げ捨てた。

「おいでレン」

「ンフフ〜もう全部脱いじゃいましょ〜」

レンは俺のズボンの紐を解き、鮮やかな手つきでパンツごと一気に脱がしてしまう。その勢いで跳ね返る息子が、自分の腹を何度も叩いた。

「あ〜ご主人様のオチ○チン、とっても元気でしゅね。ペロペロしましゅ？」

「イヤ、今は肌と肌で触れ合いたい。今度こそおいでレン」

「ハ〜イ♡」

レンがピョンと俺の胸に飛び込んでくる。その勢いでベッドに押し倒されてしまった。

「ギュ〜ってしてください」

「レンは酔っ払うと甘えてくるんだねぇ」

「う〜ん、こんなにお酒飲んだのは初めて？　だから、よくわかんないんでしゅ」

レンがギュッとハグついてくる。かなり強烈なパワーでギュッとされるので、こちらも力を入れないと抱き潰されかねない。

「ご主人様しゅきしゅき〜」

「ハイハイ、俺も好きだよ」

「ムフ、ヌフフフ。ご主人様の匂いがしましゅ」

レンが俺の胸に鼻を擦り付けながら、変なことを言ってきたぞ。俺って変な匂いがするんだろうか？

「ちょっと～、俺の匂いってそんなに変なの？」

「いいえいいえ、ご主人様はとってもいい匂いがしましゅ。変な匂いなのはこっちれしゅよ」

レンが変な匂いのするものをギュッと握った。まあ、そこがいい匂いだとは到底思えないのでいたし方ないが、そんなに変な匂いがするのか？

「やっぱりそこは変な匂いなんだ？」

「野営の時は特に香ばしいんでしゅよ～。でもでも、レンはこの匂いしゅきなんです。ご主人様が私に発情している証だから、だいしゅきなんでしゅよ～」

「それはオチ○チンが好きってことですかネ？」

「・・・ご主人様のオチ○チンだけがしゅきなんでしゅ。ねえ、ご主人様ぁ、もう我慢できな～い」

「何が我慢できないか言ってみなさいよ」

「ンフフ、ご主人様のオチ○チンがほしいの。チュッ、ンフ。このとっても硬いオチ○チンをレンのおま○こにハメハメしてほしいの♡」

意地悪をしたつもりなんだが、酔っ払っているレンはとってもノリノリである。イヤな顔一つせずむしろ嬉々として、チュッとしてからエッチな台詞を言う始末だ。

まあ俺も、ほしいと言われてあげないほど意地悪にもなれず、レンの紐パンの端をクイっと引っ張って紐解いてやる。レンからチュッチュとキスの嵐を受けながら、しっとりと濡れたクレヴァスの中心に息子を擦り付けた。

「これがほしいの？」

「あぁそう、これがほしいの。この硬くて太くて熱いのがほしいんでしゅ。いい？　入れていいでしゅか？」

レンは先っちょが入るか入らないかギリギリのラインで、おあずけをくらったワンコのように涎を垂らして『よし』を待っていた。先端の触れ合った部分から、イヤらしい涎が息子に垂れてくるのを感じ取れる。

「いいよ、腰を下ろして………」

「ハイ、あぁッ♡」

ニュルンという温かな感触が息子を包む。だが、その感触を楽しむ間もなく、レンは突然激しく腰を振るいだした。今にも射精してしまいそうなほど激しい抽送運動に、思わず俺は目を白黒させてしまう。

「レン、激しいよ。もっとゆっくり、ゆっくり楽しもう」

「イヤ！　止められないの。とってもとっても気持ちいいんだからぁ………ンンッアッ」

「ちょっとちょっと、ヤバイってヤバイから………」

「レンの膣内《なか》でイッていいでしゅよ。いっぱいいいっぱい出して、ハァ……いっぱい出してぇンンッ」

獰猛な快楽の波に押し流され、俺はなす術なくレンの膣内で暴発してしまった。次から次から押し寄せる吐精の波に、罪悪感と惨めさを感じつつも、抗う術なく飲み込まれていく。

「レン、止まって！　もう出ちゃったよッ………あぁヤバイってば」

「あぁ、まだ出てます、出てます。いっぱい出てます。熱いのがすっごいいっぱい………。ああ、でもまだ硬い。ご主人様とっても硬いです」

「レッンッ！　あぁ、もう止めて。もう搾り取らないでよッ………」

「しゅき、ご主人様大しゅきれす。んチュハア、スゴく気持ちいいのンンッ」

ようやくレンが激しいピストン運動を止めてくれた。さっき風呂で汗を流したばかりなのに、股間のあたりはどうしようもなくベタベタになって気持ちが悪い。その気持ち悪さを誤魔化すように、ギュッとレンを抱きしめる。

「もうレン、いきなり激しすぎるからね」

「ンフフ、我慢できませんでしたぁ………。はぁ、気持ちよかったぁ」

「なんだか俺だけ暴発しちゃって、楽しめなかったじゃん」

「いいの、ご主人様。この後、何回もしましょ。だって、私がご主人様を独占できるのは今日までなんですから」

「………あのさ、エルザとミオには俺から話すから、夜の契約なしにしてもらうよ。彼女たちだってこんな契約ないに越したことはないでしょ」

レンがギュッと一層強く抱きしめてきた後、少しだけ沈黙の寒々しい空気感が漂った。「ふうっ」と大きく溜息をついたレンが、続けて話し始める。

「いけませんよ、ご主人様。それはいけません。お二人は身命を賭した覚悟でこの契約をなされています。その覚悟に泥を塗るようなことをなさってはいけません。それにエルザ様もミオ様もご主人様に好意をお持ちですよ」

「そんなことわかんないだろ？」

「同じ方を同じように想っていれば、わかるものなんです。私ほどご主人様を大好きではないかもしれませんが、間違いなくお二人もご主人様を想っておいでです」

「………でも、レンは本当にそれでいいの？　俺がエルザやミオを抱くことになるんだよ」

「………同じ主人に隷属すると、隷属したもの同士に家族のような絆ができます。メルビン様と私は前の主人に最後まで良い印象は持てませんでしたが、その気持ちは強く共有できました。あのお二方も同じように、私と同じ想いを共有することになると思います。それは一人でご主人様を想うことよりも、ずっと幸せなことなんですよ」

同じ主人を持つと、隷属したもの同士の絆ができるか………。だからメルビンは最初の身請けの時に、レンのことを強く推したのかもしれないな。そう思うと、色々腑に落ちた。

だけど、俺の気持ちはどうなる？　俺が好きなのはレンだけなのに………

「俺、彼女たちのこと好きになれるかよくわかんないよ」

「大丈夫だと思います。あんなにお綺麗な方たちですし、お二方ともご主人様を好きなんですよ。ご主人様だって嫌な気はしないでしょ？」

「………俺さ、女の子を本気で好きになったの、レンが初めてなんだよ。だからあの二人の気持ちまで受け入れたら、自分が不誠実なんじゃないかって………」

「やっぱりご主人様もお二人の気持ちは薄々感じてらしたんですね。大丈夫です。主人が自らに隷属するものを可愛がることは、とても敬愛すべきことです。誇ってください。普通奴隷は、主人から暴力や恫喝をされ酷い扱いを受けるものなんですから」

「そんなことするわけないだろ。でもホントにレンはいいんだね？」

「………正直昨日まではちょっと悩ましく思ってました。だって、お二人ともとても美しい方でしょう？　半身焼け爛れ四肢も揃わない生まれつきの奴隷では、ご主人様のお気持ちが離れてしまうって心配していたんです。でも、今はその……」

「自信がある？」

「恥ずかしながら、今の私ならご主人様にずっと喜んでもらえるかなって………」

「そんなの関係なしに、俺はレンを大好きだからね。エリクサーを迷わず飲ませたのだって、ただただレンの笑顔が見たかっただけなんだから」

「もう、これ以上ご主人様を好きにさせないでください。でも、本当に嬉しかった。大好きですよ、ご主人様」

レンが再び、強烈に抱きついてくる。抱きしめ返して感じた温もりと柔らかさは、この世の喜びを完全な形で具現化させたように感じられた。レンの気持ちを肌で感じて本当に嬉しい。

「俺も大好きだよ」

「嬉しい………。そういえば真面目なお話をしている間も、繋がったままでしたね」

「そうだね。レンがあんまり可愛いからずっと勃ちっぱなしだった」

「ンフフ、今日は朝まで寝かせませんよ」

「エッチだなぁ」

「ご主人様が『えっち』に調教したんですよ。責任とってくださいね♡」

「最初っからエッチだった気がするけどなぁ」

「ンフフしゅき、大しゅき。ご主人様愛してましゅ、チュッ」

レンはすっかり酔いが覚めていたはずなんだが、急に『しゅき』とか言い出した。どこから演技だったのか、どこまで酔った勢いでの暴走だったのかはわからない。ただ鼻先が触れ合うこの距離でも、レンが可愛くて艶かしいことは紛れもない事実だ。

それに、この子を想う俺の気持ちも紛れようもない。俺は導かれるまま愛に溺れ、レンの言葉通り朝まで何度も重なり合った。

第二十一話『報酬』

一晩明けて、寝不足の昼を迎えていた。レンは宣言通り、本当に朝まで寝かせてくれなかったのだ。モノには限度というものがあると思うんですけど……。

見た目が綺麗に戻ったことによってレンは自信がついたみたいで、色々といつも以上に積極的だったのである。おかげで俺もレンも寝坊してしまったのだが、いつも急かすディードさんが二日酔いで寝込んでいたため、お昼過ぎの集合でちょうどいい状況となっていた。

「おはようございます。すいません、遅れました」

先に来て、グッタリとしているディードさんに挨拶をする。かなり二日酔いがしんどそうだ。

「うむ、おはよう」

「おはようございます〜って、もうお昼ですけどね〜。ンフフ、昨晩はお盛んだったようで〜」

ミオがキンキンの高い声で、昨日の俺たちの情事をからかってきた。お盛んだったのは否定できないけど、隣の部屋に丸聞こえなのか？　簡単な結界は張っていたんだけど、そんなに音漏れしてた？

「ミオ、大きな声を出すでない。主の声は頭に響きよる。タカヒロも男の癖に変な声を漏らすものでないわ」

ディードさんの部屋は通路を挟んで向かい側なんだが、そこまで聞こえていたのか……遮音用の結界について大賢者様に教えを乞おうか、もしくは『スティール』で盗もうかなんて真面目に考えてしまうな。

「ディード様、ごめんなさい。私がご主人様に何度もせがんだから……」

「よい、お主にしてみれば身体が元に戻ったばかりじゃ。ワガママの一つもしてみたくもなろう。それに応えぬ様な主人であれば……っ痛ぅ、もうよい。皆集まったことじゃしギルドへ向かうぞ」

「ハイ、では行きましょう。大金貨二〇〇枚と巨大な金剛石ですもんね」

「それにワタクシ共の身請けもございますわ。お兄様、大事なことよ。お忘れなく」

「わかってるよ」

「前にうっすら仰ってらした、契約内容の変更はございませんの。最初の契約でお願いいたしますね」

「でも、いいの？　魔王を倒した後は自由にして良いし、夜の方だって……」

「いいんですの〜。ワタシはぁ、勇者さんに養ってもらいま〜す。レンさんみたいに可愛がってくださいね〜」

「ワタクシも夜伽に呼ばれるのを楽しみにしておりますわ」

二人とも笑顔で言っているから、実際その気があるんだろう。だけど、この短い間に俺を好きになる動機なんかなさそうなんだけどな。

エルザに関してはサキュバスの先祖返りが、エッチに対して興味津々にさせているっていうのは納得できなくもない。男として俺が好きとかではなく純粋にエッチが好きなら、夜を楽しみにするっていうのもわかる気もするんだ。

でも、ミオは普通の女の子のはず。俺に隷属なんて、本当にそれでいいのか？

まあ、これ以上心配してもしょうがない。昨日の夜、レンとも話して覚悟は決めたんだ。身請けする以上は、彼女たちのことを好きになっていかないといけない。じゃないと彼女たちが可哀想だし、無責任だ。

「とにかくギルドに行きましょう」

こうして俺たちはアルテガギルドに向かうこととなった。

※

アルテガギルドの応接間で、ギルマスのローランドさんと向かい合っている。俺とディードさんがソファに腰かけ、メルビンとレンが後ろに立つ。エルザとミオは下手《しもて》側に二人並んで立っていた。

「ズッシリじゃ。これだけの大金貨を手にすると緊張してしまうのう」

上級冒険者で二つ名まであるディードさんが、緊張してしまうほどの金額を俺たちは手にしている。今回の報酬大金貨二〇〇枚と、巨大金剛石が目の前にドンッと置かれていた。アルテガギルドと交渉の結果、金剛石をアルテガに二〇〇年リースする形になっている。それによって、俺たちに毎年大金貨一〇枚が送られることになっていた。

この金剛石で、アルテガの街に張られている大結界が二〇〇年は保てる。俺たちの寿命はいいとこあと六〇年あるかないかだが、長寿のディードさんがいる為この契約にしてもらった。ちなみに、大金貨は俺が一二五枚ディードさんが八五枚で山分けしている。今年のリースの分は五枚ずつ半々にしていた。俺はエルザとミオを身請けするので、バランスとしてはこんなものだろう。

「これで、一生お金には困りませんね」

「わからんぞ。男などは賭け事に狂ったりしよるでな。ああいったものは才がなければどうしようもなかろう」

実は『スティール』で得たスキルに『イカサマ』だとか『博徒《平常心》』『天運《極大》』だとかがある。最初の大金貨三〇枚を揃えるため、そういった悪いことは一通りこなしているのだ。ハッキリいって負ける心配はない。

少し気になるのは、ミオに『豪運』というスキルがあるところだろうか。まあミオとギャンブルをするわけでもないので、気にする必要もないとは思うが。

「賭け事はしませんよ。やっても負けませんけどね。なんならディードさん、その大金貨をかけて俺と一勝負してみます？」

「………う～む、やめておこう。主のことじゃ、博打に必要なスキルを得ていそうじゃしの」

「やめて正解ですよ。じゃあエルザとミオとの契約に移りましょうか」

俺が話を振ったアルテガギルドのギルマスは、エルフのローランドさんだ。元は魔術の研究者らしく、話すことが悉く理路整然としている。冒険者としても一流で、『翠色の謳い手』という二つ名を持っているそうな。


ちなみに俺たち『キャロ・ディ・ルーナ』は俺以外全員二つ名を持っている。

ディードさんが『月光の弓弦』。

メルビンが『双刀の大剣士』。

レンは『貌なし』。

エルザは『紅蓮』。

ミオが『白銀』だ。

レンのは再考を求めたいな。


「承知しました。こちらのほうで奴隷商の方を手配しております。この場で契約致しましょう」

そう言うとローランドさんが銀のベルを鳴らす。しばらくするとドアの外でガサガサと人の動く気配がし、ドアをノックする音が鳴り響いた。

「どうぞ、お入りください」

ローランドさんが応えると、ガチャリと扉が開き小柄な紳士が現れた。とっちゃん坊やというのだろうか？　童顔なのに髭を蓄え、頑張って威厳を出そうとしている感じがする。念の為『鑑定』した限りでは、奴隷商としてのレベルは高そうだ。

「失礼しますぞ。ベイロンから参った、モルグと申します」

「契約にあたってはモルグ殿に契約の儀をお願いしております。アルテガには奴隷商がないので、隣町のベイロンからお越しいただいた次第です」

ローランドが経緯を説明してくれた。ベイロンはアルテガから半日ほどの小さな街だ。神樹教の総本山のアルテガに奴隷商館みたいないかがわしいお店は置けないため、ベイロンから奴隷商を招いたのだろう。よくあることらしく、モルグも手慣れた感じだ。

「冒険者のタカヒロです。よろしくお願いします」

「おお、タカヒロ様は、あのエリクシルドラゴンを討伐なされた勇者様だとか。お目にかかれて光栄にございます」

「はぁ、そんな立派なもんじゃないですけど……」

「何を仰います。大陸北方に住む者にとって、エリクシルドラゴンは三〇〇年の長きに渡って苦しめられ続けてきた怪物。魔王に匹敵するほどの恐ろしい存在でございました。それを討伐なされたのです。功を誇って当然でございましょう」

モルグさんから賞賛されても、別に嬉しくもない。俺はディードさんやエルザやミオの、敵討ちの手伝いができたことが喜ばしいのだから。

「モルグ殿、タカヒロ様はお忙しいお方だ。すぐに契約の儀に移っていただけますかな？」

空気を読んだローランドさんが、割って入ってくれる。もしかしたら、顔に出てしまったのかもしれないな。

「失礼致した。では契約の儀に移りましょう。勇者様、どうぞこちらへ」

俺は促されるまま、エルザとミオの立つ下手《しもて》のほうへ移動する。

「隷属なさるのはエルザ様とミオ様でよろしいのですな？」

「ええ」「は〜い」

「アルテガの至宝たるお二人が……。では儀式を執り行います。勇者様を挟むようにお並びください」

言われた通り、エルザとミオが並ぶ。

「これより『エルザ』『ミオ』の両名は冒険者タカヒロの奴隷となった。身命を賭け主に尽くし、主の盾となることを誓え」

「「誓います」」

「タカヒロよ、汝は『エルザ』『ミオ』両名の主《あるじ》となった。主として隷属する者の生活の保証をすることを誓え」

「誓います」

「これで、両名はタカヒロと主従である。神樹の加護のあらんことを『隷属契約』」

別段スキル発動によって何か光ったりはしないのだが、ステータスにはしっかりと契約が刻まれている。

何より心のパスみたいなものが一本通ったように感じた。

「じゃあ、二人とも今後ともよろしくね」

「ええ、お兄様のお役に立ってみせますわ」

「ワタシも〜ダンナサマに手とり足とり尽くしちゃいます〜」

「まあ、ゆっくり仲良くなっていこう。ではローランドさん、失礼してよろしいですか？」

「結構ですが、タカヒロ様はすぐお発ちになるのですか？」

「いえ、大賢者様に祝賀会を開いてもらえるそうなんで、しばらくはアルテガに滞在しますよ」

「そうですか。この街は美しい街ですので、少しでも寛いでいただけたら幸いです」

「ええ、しばらくはのんびりミオとエルザにアルテガを案内してもらうつもりです。では、失礼します」

こうして俺は、エルザとミオとの間にも隷属の契約が為されたのだった。

※

帰り道、ディードさんは温泉に浸かりにいくそうなので、別行動となった。俺たちは今後のことというか、二人とレンたちとの関係性について、すり合わせをするためミーティングをすることにしたのだ。

なので、今は宿に戻ってきている。

「えっと、改めてだけど二人ともよろしく」

「よろしくお願いいたしますわ」

「よろしくお願いしま〜す」

「え〜まず、先輩二人から何かある？」

「では私《ワタクシ》から一つ」

メルビンがスックと立ち上がる。

「お二方とも、今後は主人殿《あるじどの》に仕える立場です。普段から主人殿を敬うよう気を付けていただく」

「「ハイ」」

「ふむ、結構。主人殿は心根のお優しいお方だ。だからこそ、そこに甘えるようなことはなさらぬように」

「「ハイ」」

メルビン、ちょっと怖いな。一応、俺に隷属している者たちの中では、筆頭の扱いだから仕方ないけど。

「レンからは何かある？」

「私は、お二人とは早く仲良くなれたら嬉しく思います」

「そうだね。あと、レンは二人に敬語禁止ね。立場としては先輩なんだから、エルザとミオに『様』とかつけちゃダメだよ」

「ハイ、承知しました」

「それと、戦闘に関しては今まで通りメルビンを筆頭とすることは変わりない。ただ、家事とかの分担はレンを筆頭メイドとするから、二人ともレンの指示に従うようにね」

「「ハイ」」

レンは筆頭メイドという単語に顔を真っ赤にしている。

メイドという仕事に誇りを持っているので、流石に嬉しそうだ。

「二人からは何かあるかい？」

「お兄様！　今日はワタクシにお情けをいただけますの？」

「あら〜、旦那様はワタクシのオッパイを選ぶかもしれませんよ〜」

「ミオ、二人で正式に決めた筈です。お情けを頂戴するのはワタクシからだと」

「確かにジャンケンで負けちゃいましたけど〜、最終的には旦那様が決めることですよ〜」

「まあミオったら」

急に剣呑な雰囲気になってしまった。俺はメルビンのほうに視線を向けて助け舟を求める。

「主人殿、私は席を外したほうがよさそうですな」

メルビンはそういうとスッと席を立ち、奥へと消えていった。思わず『君子危うきに近寄らず』って諺が頭に浮かんできた。

それにしても、有無を言わさぬ見事な去り際だな。俺も乗っかればよかった。

「ええと、どうしよう？」

「ご主人様、本日は二人のどちらかと同衾なさるのが正しい主人のあり方だと思います。流石に二人を一度にというのはあまりに可哀想ですし」

レンまで俺に選択を求めてきた。二人同時なんて想像もしてなかったわ。

「あら〜、ワタシはぁ二人同時でも構いませんよ〜」

「う〜、ワタクシはミオほど淫乱ではありませんもの。初めての時くらいお兄様と二人きりがいいのだわ」

「でもでも〜、それは旦那様が決めることですから〜」

ミオがちょっと悪い顔をしている。これはエルザをからかっているな。

「二人のうちでは、エルザからかって話がまとまっていたんだね？」

「ええ、そうですの」

「でもジャンケンですよ〜」

ちなみにミオたちにジャンケンを教えたのは俺だ。遠い先の話になるが、勇者タカヒロといえば異世界ワーゲンに『ジャンケン』を伝えた人として有名になるそうな。

「じゃあ、その、今日はエルザに俺の部屋に来てもらう。明日ミオでいいかな？」

「ええ！　ええ！　そうしてくださいまし」

「ハ〜イ、了解しました〜」

ミオはちょっと悪い顔から、普段のニコニコ笑顔に戻っている。エルザをからかうのがホントに楽しいのだろう。

「じゃあ、ひとまずそういうことで。この後は、アルテガ観光したいから二人に案内お願いするよ」

「承知しましたわ」

「了解で〜す」

俺はコッソリとレンの顔を覗き見る。怖いくらい、いつも通りだ。ジェラシーとかは本当になさそうなんだな。正直ちょっと寂しいが、覚悟を決めねばなるまい。今夜からは、レン以外の女の子と一緒に寝なければならないのだから………。

《つづく》

あとがき

はじめまして、立石立飲と申します。人生初の後書きということで色々書きたいことはあるのですが、四十がらみのおっさんの話をしても読者様は楽しくもないでしょう。なので、今作の主人公『タカヒロくん』についてお話しさせていただけたらと思います。ぜひお付き合いください。

本作の主人公『タカヒロくん』は見た目や性格はともかく、名前に関しては明確なモデルがおります。僕の小中学校の同級生で、同じ団地のグループでよく遊んだ『ヤマ○カタカヒロくん』という友人をモデルにいたしました。

僕との関係は幼馴染で間違いはないとは思うのですが、幼馴染の中ではそれほど仲が良かったわけでもありません。彼は活発で、勉強はともかく運動は良くできるほうでした。幼い頃から剣道をしていて、中学の頃にはかなりの実力者だったと記憶しております。高校に上がるとお互い学校も変わり、ほとんど会うこともありませんでした。

さて、彼との思い出で強烈に覚えている出来事があります。一緒に火事の野次馬をした時の経験です。火事になったのは二つ下の男の子の家で、団地の四階でした。道路から最も遠い公園側の立地であったため、消防車が中に入るのに苦労をしていたのを記憶しています。ようやくポンプ車から放水が始まる頃には、真っ赤な炎が窓ガラスを破ってベランダに飛び出していました。

『轟々』と音がするほど強烈な炎を、僕とタカヒロくんは向かいの建物の踊り場から見ていました。見ていられないといって帰った友人もいましたが、僕とタカヒロくんは最後までその炎を見つめていたんです。面識のある男の子の家が燃えてしまったこともショックでしたが、火事という強大なエネルギーに圧倒されていたんだと思います。何十メートルも距離があるのに、顔が火事の熱で熱くなっているんじゃないかという錯覚を覚えるほどでした。

非道徳的かもしれませんが、僕はその炎のエネルギーに感動したのかもしれません。僕もタカヒロくんも、炎がおさまるまでその場から動けなかったし、動く気もなかったと思います。真っ黒になった団地の一部屋を見て、僕は何かポッカリと穴が空いたような感覚を覚えました。そこで初めて男の子の心配をしたのじゃないかと思います。公園から真っ黒になった自分の家を見つめる男の子の瞳は、例えようのない絶望的な瞳でした。唯一の救いは彼の家族に、死人も怪我人もなかったことでしょうか…。

タカヒロくんとは何度も喧嘩をするような仲でしたが、その火事のことを最も強く覚えています。中学を卒業してもご近所さんだったので、たまに声をかけ合うような仲ではありましたが、一緒に遊んだりすることはとうとうありませんでした。タカヒロくんと会ったのは成人式が最後でしょう。なぜなら二十代の半ばには、タカヒロくんと永遠にお別れすることとなったからです。酔って喧嘩という話でした。彼女を守って拳を握ったんだと聞いています。運悪くネクタイを締めつけられ、そのまま帰らぬ人となったと…。彼の通夜の席で、彼の両親よりも激しく嘆く女性の姿がありました。そんな姿を見ていながら、通夜の席で同窓会のようにヘラヘラとしている連中に腹を立てた記憶が残っています。

僕は本作の主人公の名前を『タカヒロくん』から借りたことで、最後まで勇敢な人間として描くつもりです。モデルになったタカヒロくんも勇敢な人間だったと思うから。

最後になりますが、本作をご購入いただきありがとうございました。一巻に関しましては『タイトル詐欺』で大変申し訳ありません。是非二巻三巻と続刊させていただき、タイトル回収をさせていただければ幸いでございます。

二〇二一年　立石立飲

監禁王
2
マサイ
illust ぺい
ノクターンノベルズ
年間ランキング
1位
※2021年6月1日現在
全ランキングを制覇した
圧倒的話題作
第二弾登場!
コミカライズ企画も進行中!
同級生の黒沢美鈴を監禁した木島文雄。自称魔界のキャンペーンガールリリの指導のもと洗脳プログラムを実行していくが、美鈴が付き合ってる彼氏の存在がひっかかって隷属までもっていけない。そこで、美鈴の幼馴染みで既に監禁し洗脳していた羽田真咲を美鈴のライバルとしてぶつけることに。真咲は美鈴に文雄を取られると思い美咲に襲いかかる。一方、藤原舞の裸を撮影した犯人を突き止めるため、犯行が疑われる陸上部の女子 18 人を文雄はまとめて監禁する……。監禁王、待望の第二弾登場!
| サイズ:四六判 | 価格:本体1,300円+税 |

黒エルフに飼われた俺のダンジョン生活
～三食風呂と地獄つき～
原作：サイトウケンジ(FIREWORKS)
漫画：レルシー
構成：そよき
雷帝と呼ばれた最強冒険者、魔術学院に入学して一切の遠慮なく無双する
原作：五月蒼　漫画：こばしがわ
キャラクター原案：マニャ子
神域の魔法使い
～神に愛された落第生は魔法学院へ通う～
原作：ケンノジ　漫画：/XUEFEI
キャラクター原案：乃希

コミックノヴァ
新創刊
モブ高生の俺でも
冒険者になれば
リア充になれますか？
原作：百均　漫画：ジャギ
キャラクター原案：hai
魔物を狩るなと言われた
最強ハンター、
料理ギルドに転職する
原作：延野正行　漫画：奥村浅葱
キャラクター原案：だぶ竜
COMIC NOVA ノヴァ
話題の作品
続々連載開始!!
https://www.123hon.com/nova/

オルギスノベル
ORGISNOVEL

異世界メイドがやってきた❶
～異邦人だった頃のメイドが現代の我が家でエッチなメイドさんに～

2021年12月22日 初版第一刷発行

著 者 立石立飲

発行人 長谷川 洋

編集・制作 一二三書房 編集部

発行・発売 株式会社一二三書房
〒101-0003 東京都千代田区一ツ橋2-4-3 光文恒産ビル
03-3265-1881

印刷所 中央精版印刷株式会社

作品の感想、ファンレターをお待ちしております。

〒101-0003 東京都千代田区一ツ橋2-4-3 光文恒産ビル
株式会社一二三書房

立石立飲 先生／わかるティッシュ 先生

ISBN 978-4-89199-734-2 C0093